홍 역

홍역

저자 김승규

1판 1쇄 인쇄 2015년 1월 10일
1판 1쇄 발행 2015년 1월 15일

발행인 유정희
발행처 (주)지혜의가람

서울시 강서구 공항대로 65 가길 25, 202호
전화: (02) 3665-1236 / 팩시밀리: (02) 3665-1238
E-mail: garamwits@naver.com

등록번호 제 315-2012-000053호
등록일자 2012년 5월 17일
ⓒ2013 Jihyeui-Garam Publications

값 11,000원

ISBN 978-89-97860-05-0   03810

홍 역

이 소설을 베이비 부머 세대에게 헌정합니다.

지혜의가람

-무명 소설가로 산다는 것은…

이번 소설을 쓰면서 난 세 번을 울었다.

첫 번째 눈물은 주인공 명하가 교도소에서 전처를 마지막으로 볼 때였다. 나 자신도 명하 못지않게 글에 매달려 아내를 힘들게 했고 그 미안함의 눈물일 것이다. 이 땅에서 무명 소설가로 살아간다는 것은 가족에게 많은 고통을 준다는 것을 새삼스럽게 느낀 순간이었다.

원고지에 쓴 글을 워드 작업할 때 그 대목에서 또 목이 메어 두 번째로 울었다.

어머님께 헌정하고 딸을 위해 쓴 소설 《꽃무릇》이 시들어 버리고, 일곱 번째로 머릿속에 그려 두었던 이번 작품을 세 번째이자 마지막 소설로 탈고하고 서운함에 또다시 눈물을 쏟고 말았다.

오래 전에 남이 된 그 사람에게 이 지면을 통해 고마움과 미안함을 전한다.

그동안 많이 부족한 이 작가의 소설을 읽어준 독자들에게도 큰절을 올린다.

-남양주 천마산 기슭에서 저자

(1)

정미는 어젯밤에도 어김없이 그 악몽을 꾸었고 잠을 설친 것은 당연했다.

잠을 설친 탓일까, 3월의 햇살이 너무 감미로운 탓일까, 그녀는 그리 편하지 않은 사무용 의자에 앉아 오전부터 졸고 있었다. 그러나 정미의 그 달콤한 쪽잠을 멀리 날려버리는 소리가 들려왔다. 사무실의 총책임자 마실장의 악다구니 소리였다. 그 소리는 어느 임대 사무실에 문제가 생겨 누군가를 잡아끌고 오는 소리였다.

"들어가. 이 개자식아. 너 우리 대표님 앞에서도 구라치면 죽는다."

마실장의 지휘 아래 하주임과 박주임에게 양팔을 꺾여 끌려온 40대쯤 돼 보이는 사내가 정미의 사무실 바닥에 내동댕이쳐졌다. 마실장의 경고 소리와 함께 정미는 지금까지 졸았던 의자에서 일어났다.

"무슨 일이야?"

정미는 마실장에게 물으며 시선은 사내의 얼굴을 향했다. 그녀는 직원을 여자만 고용한다. 그리고 여자들은 모두 한 가닥씩 하는 무술 유단자들이다. 끌려온 남자의 얼굴이

성할 리 없었다.

"대표님 제가 저번에 말씀드렸잖아요. 도림출판사 애들 보증금 다 까먹고 날아 버릴 거라구요. 쓰레기만 남기고 다 튀었습니다. 이 새끼는 뒷정리하다가 우리에게 걸린 겁니다."

"난 그 출판사 직원 아닙니다."

남자가 또 맞을까봐 얼굴을 손으로 가리며 조심스럽게 말했다.

"이 새끼 또 거짓말 할래?"

마실장이 눈을 부라리며 손을 드는 것을 정미가 팔을 잡아 막았다.

"이유가 어떻든 폭력 쓰지 말라구 내가 말했지."

"죄송합니다."

마실장이 대신 사과하며 고개를 숙였다.

"대표님, 이 사람 얼굴은 실장님의 매를 부르는 얼굴이거든요."

하주임이 기어들어가는 소리로 마실장을 거들었다.

"시끄러! 다들 나가 있어."

정미의 호통에 세 여자가 방을 나갔고, 그때까지 서 있던 정미가 응접 소파에 앉자 남자도 바닥에서 일어나 툭툭 옷을 대강 털고 정미의 맞은편에 앉았다.

'당당한 거야, 아니면 허세를 부리는 거야.'

정미는 생각에 잠기며 사내의 눈을 보았다. 맞은 탓에 눈두덩이 부었지만 티 없는 어린아이의 눈을 가진 남자였다. 세상의 온갖 풍파를 겪은 것 같은 분위기였지만….

"건물주 사장님이신가 본데 전 도림출판사 직원이 아닙니다."

남자가 진지하게 입을 열었다.

"출판사 직원이 아니면 당신은 뭐하는 분이죠?"

"전 작가입니다. 소설가요. 도림에서 책을 냈죠. 인세가 밀려 직접 받으러 왔다가 이 봉변을 당한 겁니다."

"소설가요? 출판한 책 이름과 성함이 어떻게 되죠?"

정미는 그 질문을 던지며 마실장이 큰 실수를 한 것을 느낄 수 있었다. 사내가 폭행에 대해 고소한다면 큰돈이 나가겠구나 생각하니 한숨부터 나왔다.

"우명하라고 합니다. 책 이름은《하얀 무지개》입니다."

"우명하… 《하얀 무지개》…."

정미는 남자의 이름과 책 이름을 입속으로 중얼거리며 자리에서 일어나고 있었다. 컴퓨터로 검색해 봐야 했다.

"사람이 말을 하면 믿어 보십시오. 남자에 대한 불신이 아주 크군요."

"…."

정미는 컴퓨터를 앞에 두고 앉지도 일어서지도 못하고 몸이 굳어버렸다. 입도 열 수 없었다. 남자 우명하가 자신의 정곡을 찔렀기 때문이었다.

"폭행에 대한 책임은 묻지 않겠습니다. 그럼….”

명하가 일어나 사무실을 나갔다. 곧 이어 들어온 마실장과 하주임, 박주임이 얼음 땡 놀이를 하다가 굳어버린 것 같은 정미의 몸을 조심스럽게 소파에 앉혔다. 몸을 주무르고 물을 먹여 회복시키는 데 한참 걸렸다.

"그냥 보내면 어떡합니까? 저런 상판대기에서 나오는 말은 다 거짓말입니다.”

정미가 정신을 차리자 마실장이 또 이를 갈았다.

"그만하자. 몇 달 세 못 받았다구 우리가 어떻게 되는 거 아니잖아.”

정미의 그 한 마디에 모두 조용히 사무실을 나갔다.

'소설가… 글 쓰는 사람들은 독심술도 배우나….'

(2)

정미는 30대 초반 나이에 제법 큰 상가 빌딩 세 채를 가지고 있었다. 도림출판사는 그들이 본관이라고 부르는 7층 건물에서 두 블록 떨어진 곳에 있는 4층짜리 낡은 빌딩에 세 들어 있었다. 승강기도 없는 건물 4층 구석진 곳이라 그리 비싼 임대료는 아니었지만 월세가 자주 밀리더니 보증금까지 다 까먹고 야반도주한 것이었다.

정미가 도림출판사가 썼던 사무실에 들어섰을 때 정말

마실장 말대로 쓰레기밖에 없었다. 돈이 될 만한 사무기기나 책상 의자는 그림자도 보이지 않았다. 정미는 자주 당하는 일이라 입맛을 다시며 습관처럼 쓰레기들을 발로 툭툭 찼다. 그때 출판사 사무실답게 쓰레기 더미 밑에서 책 3권이 드러났다. 한 권은 에세이 집이었고 두 권은 같은 제목의 소설책이었다. 《하얀 무지개》, 정미는 그 책을 보물인양 두 권 다 조심스럽게 집어들었다. 우명하라는 저자 이름도 눈에 들어왔다. 표지를 넘기자 저자 사진이 확 들어왔다. 그 사진을 보고 정미는 피식 웃었다. 정말이지 마실장 주먹을 부르는 잘난 사내의 얼굴이 거기 있었다.

"마실장, 합의금 준비해라. 물론 네 돈으로 해결해야겠지?"

정미는 점심 내기 사다리 타기를 하는 세 여자 앞에 우명하의 책을 펼쳐 사진을 보여 주었다. 우명하가 출판사 직원이 아니라 작가라는 것을 알게 된 마실장과 하주임, 박주임은 사다리 말판을 찢어버리며 절망에 빠졌다.

"실장님 그것 보세요. 조금만 참으시지."

"뭐…, 너희들도 거들었잖아. 내 사전에 독박이란 단어는 없다."

"실장님 그런 게 어디 있어요."

"시끄러! 잘못해 놓고 입이 떨어지냐?"

직원들의 실랑이를 정미의 한 마디가 잠재워 버렸다.

"대표님 죄송합니다. 모든 책임은 제가 다 지겠습니다."

얼마간의 침묵을 깨고 마실장이 책임자답게 입을 열었다.

"마실장, 그 사람 내 허락도 없이 가면서 뭐라구 했는지 아냐?"

"대표님이 가라구 한 게 아니라구요? 헐… 뭐라…구 했습니까?"

"폭행에 대한 책임은 묻지 않겠다구 했다."

정미의 말에 세 여자가 안도의 한숨과 함께 탄성을 질렀다.

"어디 사시는지 알아봐서 사죄 말씀 드리고 치료비라도 드리겠습니다."

마실장이 진지하게 말했다. 정미는 만족한 듯 고개를 끄덕이며 자신의 사무실로 향했다.

(3)

정미는 책을 그리 좋아 하지 않는다. 특히나 소설책은….
그녀가 생각하는 소설은 말주변 좋은 사람들이 거짓말을 그럴듯하게 써 놓은 말장난 같은 것이었다. 그런 정미가 우명하의 소설을 책상서랍에 넣어두고 하루에도 열두 번씩 꺼내며 읽어 볼까 말까 며칠째 망설이고 있었다. 책을 꺼내 볼 때마다 사람 말을 믿어 보라는 그의 목소리가 귓전을 때리고 그 맑은 눈동자가 떠올랐다. 첫 장을 넘겨 우명하의 얼굴을 보고 두 번째 장을 잡으면 열어서는 안 될 봉인처럼 화들짝 놀라 급히 덮어 서랍에 넣어버렸다.

"대표님 우명하 작가 찾아가 사죄 드렸습니다. 그런데 치료비는 완강히 거절하여 못 드렸습니다."

"그랬니…, 한 고집 하는 분이군."

우명하라는 사람과 그 일이 벌어지고 나서 보름쯤 지났을 때 마실장이 보고했다.

"고집이요? 제가 보기에는 아집 같았습니다."

"아집이라니?"

"글 쓰는 작가요? 명색이 작가지 가난 때가 줄줄 흐르는 공장 근로자가 본업이었습니다."

마실장의 말에 정미는 우명하에 대하여 더 묻지 않았다. 다만 열어서는 안 될 마의 봉인을 연 것처럼 가슴이 떨려왔다. 마실장에게 우명하의 얘기를 들은 것이 오후 2시였다. 정미는 그때부터 무엇에 홀린 듯 우명하의 《하얀 무지개》를 쉬지 않고 읽어 내려갔다. 저녁도 거르고 승용차로 10분 거리에 있는 오피스텔 집에도 가지 않고 밤새워 읽어 아침 6시쯤 다 읽었다. 밤새워 책을 읽었지만 피곤하지도 않고 졸음도 없었다. 늘 바람만 불던 가슴 한 구석에 무엇인가 채워진 느낌이랄까. 다른 세계로 공간 이동한 기분이랄까. 그녀는 살면서 이런 묘한 기분을 느낀 적이 없었다.

"아니 대표님, 어떻게…?"

"책 읽었어. 밤새워서."

마실장은 직원 사무실 앞에 서 있는 정미를 보고 많이 놀랐다. 6년 동안 출근한 이 사무실에 대표가 자신보다 먼저 출근한 일이 없었다. 늘 자신이 선두였고 윤대표는 보통 10시 출근이었다.

"혹 책이라면 우명하 작가의 《하얀 무지개》…?"

"그래."

"대박… 와!"

마실장은 아침부터 세상이 거꾸로 돌아가는 것처럼 머리를 저었다. 자신이 지금까지 대표로 모셔왔던 윤정미란 여자에게 일어날 수 없는 일이 벌어진 것이었다.

"마실장!"

"예, 대표님. 말씀하세요."

마실장은 윤대표가 또 어떤 말을 할지 조금 두렵기까지 했다.

"우명하 작가에 대해 자세히 좀 알아봐. 어디에 어떻게 사는지, 부인은 어떤 여자인지 자식들은 몇인지. 또 월수입, 기타 여러 가지."

"대표님…."

"마실장이 무엇을 걱정하는지 나두 잘 알아…. 알고 있어."

"알고 계시다니 말씀드리겠습니다. 대표님도 저도 남자에 대해 부정적입니다. 우리 같은 여자들이 한번 빠지면…,

우작가 그 사람은 대표님이 돈 많은 여자라는 것을… 아, 안 됩니다."

마실장이 흥분하면 나오는 말 끊어 먹는 버릇이 나왔다.

"우명하 작가의《하얀 무지개》에 이런 말이 있었어. '자신의 생에 누구나 거대한 문이 있다. 사람들은 그 문 때문에 운이 없다. 인생이 꼬였다고 말들 하지만 그 문은 자기 자신들이 만든 문이고 그 문의 열쇠는 자신만이 갖고 있다.'"

"뭐 조금 공감이 가는 말이지만, 대표님 제 말은…."

"시간이 지나면 쌓이는 돈, 자유로운 출퇴근. 누구나 부러워하는 보통 인간의 생이지. 하지만 내 인생의 길에는 정말 큰 문이 있어."

"알겠습니다. 한번 알아보죠."

마실장은 윤대표에게서 지금까지와는 다른 눈빛을 보았다. 그 눈빛은 술이나 약에 취한 눈이 아닌 신세계를 본 눈이었다.

(4)

"중희야, 여기!"

카페 '아사녀' 의 유리문을 열고 들어오는 30대 초반의 여자를 향해 정미가 큰 소리로 말하며 손을 흔들었다.

"지지배 오랜만이다."

중희가 정미의 맞은편에 앉으며 토라지듯 말했다.

"그래. 너 얼굴 좋다. 또 연애하니?"

"아니야. 남자란 종족은 이제 질렸어. 다 똑같아."

"네가 남자에게 질려? 강아지 뿔나는 소리 하고 있네."

두 여자가 한바탕 웃었다. 중희는 정미의 유일한 친구지만 성격은 정 반대였다. 산부인과 의사지만 프리섹스를 주장하고 실천하는 여자였다. 가끔 도가 지나쳐 친구의 남편을 유혹해 파문을 일으키기도 했다. 그때마다 친구들의 비난을 받으면 중희는 이렇게 쏘아 붙였다.

"부인 두고 다른 여자 유혹에 넘어가면 그게 남자냐. 그건 그냥 수놈이야. 쓸모없는…."

두 여자는 그리 자주 연락하거나 만나지 않지만 만나면 서로 그런대로 통하는 친구였다.

"무슨 일이니? 내게 무슨 볼일 있는 것 같은데."

"의사 그만두고 돗자리 깔래? 눈치 하나는…."

"그럴까? 남자 전용 점집. 복채는 몸으로 받고…."

중희의 말에 정미가 넘어갈 듯 웃고 중희도 자지러졌다.

"아마 한두 달 안에 너희 병원으로 한 남자가 찾아갈 거야."

"남자?"

"네가 책임지고 그 남자 건강 상태 좀 체크해줘. 종합검사로 빠짐없이. 최종 결정은 네가 해."

중희는 미소만 지으며 정미의 얼굴을 한동안 응시했다.

중희가 아는 정미는 남자 그림자도 싫어하는 여자였다.

'남자라니… 거기다 건강 검진까지?'

"너 남자 생겼니? 건강상태까지 체크하고 혹시 결혼하니?"

"결혼? 지금은 뭐라구 해줄 말이 없어."

"그래 알았다. 근데 그 남자 잘 생겼니?"

중희의 물음에 정미는 웃었다.

"부탁하는 김에 하나만 더 하자."

"그 부탁이라는 거 그 남자 유혹하지 말라는 거 아니니?"

"너 정말 자리 깔아야겠다."

"그런 부탁하면 난 더 입맛이 당기는데. 농담이구, 무슨 일인지는 모르지만 네 입에서 남자 얘기가 나오니까. 걱정된다."

정미는 중희의 그 한 마디가 어떤 뜻에서 해준 말인지 그때는 미처 몰랐다.

"나 너를 통해 남자 체험 많이 했잖아."

"이 여자야 남자를 그렇게 해서 알게 될 것 같으면 이 세상 여자들 울 일이 없을 거다."

정미는 중희의 그 말에서 느꼈다. 소문난 바람녀 중희도 남자에 대해 아는 것이 빙산의 일각 이라는 것을….

(5)

"마실장, 우작가 보고서?"

"아직… 아직 못 알아 봤습니다. 대표님 시간이 좀 걸릴 겁니다."

우작가의 보고서를 찾는 정미에게 마실장은 거짓말을 했다.

"아직이라구? 며칠 전에 다 된 거 같던데."

"아, 한 일주일 정도 더 있어야 합니다."

마실장은 정미의 시선을 피하며 핑계를 댔다.

"군자야!"

"대표님. 제발."

"이름 안 들으려면 빨리 내놓으셔. 마군자씨."

자신의 이름을 싫어하는 마실장은 얼굴을 찡그리며 서랍에서 서류봉투 하나를 꺼내 요란하게 책상에 놓았다.

"나중에 뭔 일 나도 절 원망하시면 안 됩니다."

"원망할 거야. 사람 잘못 알아보고 그 사람 내 앞에 끌고 온 거 마실장이잖아. 땡큐!"

"대표님."

정미는 웃으며 봉투를 집어들었다. 어떤 목적을 가지고 정미가 남자를 찾아간다는 것, 그것은 어린아이가 병원에 주사 맞으러 가는 것만큼 공포 그 자체였다. 그럼에도 불구

하고 정미는 마음먹으면 행동으로 실천하는 여자였다. 포천 입구 내촌면에 들어서서 얼마 가지 않아 우명하가 일한다는 공장이 내비게이션 지도에 들어왔다. 마실장의 보고서에는 그 공장의 주 업종이 사무실 인테리어 가구라고 쓰여 있었다.

"우주임, 옷 갈아입고 퇴근해."

우명하는 현장까지 내려와 전하는 사장의 말에 무슨 영문인지 모르고 있다가 화들짝 놀라며 입을 열었다.

"사장님 저 해고입니까?"

"해고? 아니, 퇴근하라니까. 내가 급했나? 그게 아니라."

"…?"

우명하가 한숨 돌리는 사이 사장은 담배 한 대를 피워 물며 차분하게 말을 이었다.

"회사 밖에 고객 한 분이 계실 거야. 여자야. 같이 밥 먹으며 미팅 잘하고 내일 바로 현장으로 가봐. 거기서 견적서 뽑아 팩스로 보내."

"제가 담당입니까?"

"그래 우주임이 그 고객 책임자야. 공사 끝날 때까지 거기서 현장 근무하는 거 알지?"

"사장님 전⋯."

"알아. 자네, 여자 고객 싫어하는 거. 하지만 이건 일이야."

우명하의 불만을 사장이 재빠르게 덮어 버렸다. 우명하

의 주 업무는 가구 제작으로 현장은 거의 나가지 않았다.

'자신을 잘 아는 사장이 여자 고객을… 잘못하면 고객을 놓치는 일이 벌어질 텐데.'

잠시 후, 정미는 공장 정문을 나오는 명하의 모습에서 무지갯빛 신기루를 보았다. 중희는 첫사랑을 만났을 때 그의 뒤에 아우라가 핀 것을 보았다고 정미에게 말했었다. 정미는 오늘 그 아우라보다 더 아름다운 무지개를 보았다. 마실 장에게 맞아 일그러진 얼굴이 아니었다. 그는 그곳 사람이 아니었다. 작업복이나 다름없는 허름한 옷을 걸친 명하는 거기 잠깐 촬영 나온 배우 같은 아우라를 발산하며 정미에게 가까이 왔다. 명하는 정미를 알아보고 걸음을 멈추었다. 그리고 몸을 돌려 먼 산을 보며 잠시 갈등했다. 정미는 빠르게 요동치는 자신의 심장 소리를 들었다. 20살 때 그 남자를 만날 때처럼…. '나보고 돈 5억을 내놓으라구? 애원을 해도 시원찮은데 협박을 해?'

"원일실업 우명하 주임입니다. 고객님을 모시게 되어 영광입니다."

잠깐 과거 생각을 하던 정미는 명하의 인사를 받고 정신이 들었다.

'이 사람 내가 누구인지 알고 연기하네. 그럼 더 잘 된 것 아닌가….'

"윤정미입니다."

정미가 명하에게 자신의 명함을 주었다.

"죄송합니다. 전 명함이 없습니다."

명함을 공손히 받아든 명하가 말했다. 정미가 들고 있던 핸드백에서 책 한 권을 꺼내들었다. 《하얀 무지개》였다.

"전 이미 우명하 씨의 명함을 받았어요. 사인해 주세요."

정미가 책과 펜을 명하에게 내밀었다.

"읽어 보셨습니까?"

"예. 밤새워 읽었어요."

"도림 사무실에서 주우셨군요."

명하가 책 표지를 넘겨 사인을 하고 정미에게 돌려주며 말했다.

"그걸 어떻게…?"

책을 받아든 정미가 놀랐다.

"그 책은 출고 안 된 재고 서적입니다. 서점에 유통된 것은 도장이 찍혀 있습니다. 그만 가시죠. 전 내일까지 견적서 내야합니다."

명하의 말에 정미는 책을 백에 넣고 서류봉투 하나를 꺼내들었다.

"견적서 여기 있어요."

명하는 내민 견적서와 정미의 얼굴을 번갈아 보다가 매가 먹이를 채듯 견적서를 빼앗아 들고 걸음을 옮겼다. 그것은 그녀의 기분을 상하게 하려고 한 행동이었다. 명하는 속으로 정미가 자존심이 상해 그냥 가 버리기를 바랐다. 나중에 사장에게 한 소리 듣기를 각오하고 있었다. 직원들이 주차장으로 쓰는 공장 뒤쪽까지 뒤도 안 돌아보고 걸었다.

"제가 발주해 온 견적서 때문에 마음 상하셨나요? 그건 그냥 무시하고 명하 씨가 다시 하세요."

그녀가 거기까지 따라와 죄인처럼 기어들어가는 목소리로 말했다.

"윤정미 씨!"

명하가 한숨을 내쉬며 입을 열었다.

"예, 말씀하세요."

"서울에 많은 인테리어 업체가 있는데 이 먼 곳까지 오시고 또 저를 책임자로 지목하셨을 때는 무슨 목적이 있으시겠죠?

"있죠. 그렇지만 지금은 말씀드릴 수 없고 사무실 공사 끝날 때…."

"하아!"

누가 보아도 명하의 얼굴에 '부담'이라고 쓰여 있었다.

"너무 부담 갖지 마세요. 인테리어 공사는 마실장의 실수를 조금 갚는 거라고 생각하세요. 저 배 고파요. 여기 갈비가 유명하다고 하던데."

"타세요"

명하가 주차장의 여러 차 가운데 10년은 넘었을 것 같은 소형차의 문을 열며 말했다. 정미는 망설임 없이 조수석의 문을 열었다. 땀에 절은 중년 남자의 체취가 차 안에서 풍겨나왔다. 명하라는 남자의 차가 아니었다면 정미는 그 냄새에 고개를 돌리고 헛구역질을 했을 것이다. 그녀는 자신도 모르게 바로 그 체취에 익숙해졌다. 명하는 말없이 운전에 열중했다. 정미는 그런 명하를 자주 고개를 돌려 보았다. 그녀가 소리 없이 웃었다. 뭐라고 표현 못할 만큼 기분이 최고였다. 예전의 정미였다면 이런 행동, 이런 분위기는 상상도 할 수 없었다. 초등학교 때 남자 아이와 같이 앉기를 죽기보다 싫어 등교를 하지 않고 떼를 썼던 그녀였다. 여자 학교에만 진학하고 식당을 가도 여자만 써빙하는 곳을 골라 다녔다. 지금 이것은 꿈에서조차 하지 못할 행동이었다.

(6)

사무실 공사는 3일 동안 계속되었고 이제 마무리 뒤 정리만 남아 있었다. 정미는 3일 동안 명하에게 다가가려 했지만 틈이 보이지 않았다. 오늘이 지나면 끝이었다. 그에게 접근 할 아무 명분이 없어지는 것이다. 청소까지 깨끗하게 끝내고 개방한 사무실을 본 마실장, 하주임, 박주임이 어린 아이처럼 좋아했다. 명하가 새로 설계한 사무실은 세련미와 편안함을 갖추고 있었다. 같이 일했던 동료들이 장비를 들고 먼저 승강기로 내려갔다.

"가구에 대한 애프터 서비스는 다른 팀이 담당하고 있습니다. 그럼 이만…."

명하가 인사를 하고 돌아서고 있었다. 정미는 입을 열려고 하였지만 의지대로 움직여주지 않았다. 하지만 손이 움직여 명하의 팔을 잡았다. 정미는 무작정 명하를 끌고 자신의 사무실로 들어갔다. 어디서 그런 힘이 났는지 아니면 명하가 못이기는 척 끌려왔는지 순식간에 벌어진 일이었다. 명하가 영문을 몰라 정미의 눈을 바라보았다. 명하와 눈이 마주치고 나서야 자신의 행동이 얼마나 무모했는지 깨달은 정미는 울음을 터뜨렸다.

"대표님!"

정미의 울음소리에 마실장, 하주임, 박주임이 번개같이 달려왔다. 정미가 나가라고 손을 내저었지만 마실장은 장승처럼 서 있는 명하를 노려보았다. 마실장은 지금까지 정미가 이렇게 소리내어 우는 것을 보지 못했다. 그것도 남자 앞에서… 자신이 염려했던 일이 벌어진 느낌이 들었다. 명하는 자신을 죄인처럼 쏘아보는 마실장의 눈길을 피해 정미의 팔을 잡고 사무실 밖으로 나갔다. 정미의 사무실은 7층이었다. 사무실을 나가 몇 발자국만 가면 옥상으로 가는 계단이 있었다. 명하는 정미를 끌고 옥상으로 달렸다. 명하도 정미가 한 것처럼 무의식 중에 한 행동이었다. 정미가 울음을 그치고 숨을 몰아쉬며 명하의 얼굴을 보았다. 숨을 고르는 명하도 어느새 정미를 보고 있었다. 둘이 얼굴을 마주 본 순간 누가 먼저인지 모르게 동시에 웃음이 터졌다. 옥상에는 작은 정원이 아담하게 꾸며져 있었고 벤치까지 있었다. 두 사람은 웃음을 그치고 벤치에 자리를 잡았다.

"영화나 텔레비전에서 유치한 장난이라고 봤는데 우리가 그런 장면을 만들 줄은 몰랐어요."

'이 여자….'

명하는 그때 정미에게서 느꼈다. 이 세상에서 가장 외로운 여자가 내 곁에 있다는 것을.

"지금부터 제가 하는 말을 이상하게 생각지 마시고 그냥 순수하게 들어주시면 좋겠어요."

"순수는 목적이라는 가면을 쓰지 않는 거 아시죠?"

"그렇게 문학적으로 말씀하지 마세요. 제게 이런 용기를 갖게 만든 사람이 명하 씨라는 거 아시잖아요."

명하가 쓴웃음을 지었다. 잠시 침묵이 흘렀다.

"정미 씨 올해 나이가?"

"서른 하고 셋이요."

"저는….'

"마흔 다섯. 5년 전에 이혼한 싱글 대디죠. 전 아마 부인이 있어도 제 목적을 말씀드렸을 거예요."

명하는 일어나 반대편 자리로 옮겼다. 그리고 정미의 뜨거운 시선을 피해 빌딩 숲 넘어 하늘을 보았다.

"베스트셀러 작가가 아니더라도 유명작가가 아니더라도 명하 씨는 어느 한 개인의 삶을 바꿔 놓을 수 있는 소설가라는 거 부인할 수 없는 사실이죠?"

"그래서요."

"전 거의 매일 밤 악몽을 꾸고 있어요. 어린 여섯 살 계집아이가 우는 꿈, 전 언제나 꿈속에서 여섯 살이고 공포에 질려 울고 있죠. 어린 시절 가장 안 좋았던 일이 악몽으로 나타납니다. 제게는 제 스스로 풀어야 할 몇 가지 과제가 있어요."

"그런데요?"

명하가 약간 짜증난 투로 말했다.

"문제를 어떻게 풀어야 할지 몰랐어요. 《하얀 무지개》를 읽기 전까지는요. 열쇠를 찾은 것 같았어요."

"이거야 원! 좋습니다. 《하얀 무지개》를 쓴 내가 죄인이요. 말 돌리지 말고 내게 원하는 것이 뭐요?"

명하의 말투에 신경질이 더 실렸다.

"화 나셨어요?"

"3일 동안 집에 못 들어갔소. 나에 대해 알아 봤다면 고2 딸내미가 혼자 집에 있는 거 알거 아니요."

"아, 미안해요. 제가 잘못했어요. 정작 해야 될 말은 편지로 하는 게 좋겠어요."

정미는 명하에게 진심 섞인 사과를 하였으나 명하는 그
녀의 사과가 끝나기도 전에 뒷모습을 보이며 멀어져갔다.

(7)

소설 《하얀 무지개》는 부모의 파경으로 결혼의 공포를
갖게 된 여자가 당당하게 싱글맘의 길을 택해 가는 얘기가
주 테마다. 그렇다면 그녀가 바라는 것은 단 하나다. 명하
는 서울 강남에서 광능내 집까지 오면서 정미의 목적이 무
엇인지 생각에 또 생각을 하고 결론을 내리고 있었다.

"연주 아버님."

승용차를 연립단지 입구 길옆에 대충 주차하고 한참을
걸어 제일 끝에 있는 동에 도착했을 때 명하에게 말을 걸어
오는 남자가 있었다.

"아이고! 선생님, 여긴 어떻게?"

남자는 명하의 딸 연주의 담임이었다.

"연주가 이틀을 야자 빼먹고 오늘은 결석까지 했습니다.
지금이 가장 신경 쓰셔야 할 때입니다."

"그렇습니까? 죄송합니다. 제가 며칠 출장을 다녀오느라
정말 죄송합니다."

명하는 쥐구멍이라도 찾고 싶은 심정이었다.

"연주 들어오면 너무 혼내지 마시고 잘해 주세요. 그럼."

"예, 예."

명하는 연주의 담임을 배웅하고 4층 집까지 단숨에 뛰어 올라갔다. 집안으로 들어가 딸의 방에 먼저 들어갔다. 교복이 침대에 제멋대로 널려 있었다. 사복을 입고 어디를 작정하고 간 것이 틀림없었다.

"아, 아빠."

1층 입구에서 몇 시간을 기다렸을까. 10시가 넘어서 광이 번쩍 거리는 대형 승용차가 달려와 멈추고 딸 연주가 내려 명하를 보고 흠칫 놀랐다.

"넌 집에 올라가 있어."

"엄마!"

연주가 운전석에 있는 여자에게 손을 흔들며 집으로 올라갔다.

"좀 내리지."

"할 말 있으면 그냥 해."

연주가 엄마라고 하는 여자 명하의 전처. 오지혜가 운전석에서 말했다.

"이건 연주를 위한 게 아니야."

"반에서 스마트폰 없는 거 연주뿐이래. 웬만하면 하나 사주지."

"꼭 내가 사 줘야 하나. 나만 부모야. 이런 차 안 타면 수

십대는 사 주겠네."

"또 시작이네."

지혜가 얼굴을 찡그리며 차를 출발시켰다. 거의 동시에 명하도 한숨을 쉬며 집으로 향했다.

"연주야."

명하는 집안으로 들어서며 딸을 불렀지만 연주는 보이지도 않고 대답도 없었다. 명하는 딸의 방문을 노크해 보았다.

"아빠 보기 싫어."

딸의 앙칼진 목소리를 들으며 명하는 문고리를 돌려 보았다. 돌아가지 않는 문고리를 놓고 돌아서는 명하는 소리 내어 울고 싶었다.

'도대체 어디서부터 뭐가 잘못 된 거야?'

거대한 바위에 막혀 있는 답답한 이런 상황이 되면 명하는 언제나 자신에게 이런 질문을 던졌다. 스스로 질문을 던지고 답을 구해 보면 거기에는 반드시 돈이 남았다.

다음날 퇴근 시간에 맞춰 마실장이 명하를 찾아왔다.

"우리 대표님이 주신 겁니다."

명하를 보자 마실장이 럭비공 패스하듯 작은 상자 하나를 던졌다. 먼 거리에서도 절단된 목재들을 동료들과 습관처럼 주고받던 명했다.

"마실장이 내게 무슨 감정 있나?"

가슴을 향해 날아온 상자를 가볍게 한 손으로 받으며 명하가 물었다.

"흥! 당신 뜻대로 안 될 걸…."

마실장이 불쾌한 얼굴로 돌아갔다. 명하는 자신의 승용차에 들어가 상자를 개봉했다.

'이런!'

상자 뚜껑이 열린 순간 명하는 땅이 꺼지는 느낌이 들었다. 그의 눈에 먼저 들어온 것은 오만원권 돈다발 네 개였다. 하나를 들어 두께를 보니 천만원쯤 돼 보였다. 자신도 모르게 손이 떨리고 있었다. 그때 몇 번 접은 편지가 눈에 들어왔다. 편지만 꺼내고 돈을 다시 상자에 담아 조수석 앞에 있는 글로브박스에 넣고 문을 닫아 버렸다. 이마에서 땀이 나는 걸 느낄 수 있었다. 접은 편지를 펼쳐 읽고 밖으로 나와 라이터로 편지를 불태워 버렸다. 다른 동료들은 이미 다 퇴근해 버린 빈 공터 주차장에서 마지막 한 조각까지 태우고 날려 버렸다. 명하의 영혼도 타서 재가 되고 있었다.

(8)

'다니엘 종합병원', 서울 강서에 위치한 이 병원에 오기까지 명하는 20여 일을 고민하고 고민한 끝에 결심했다. 결심의 끝에는 무능력의 적이 되어버린 돈이 있었다. 딸 연주의 스마트폰, 연립주택의 보증금 인상, 은행 대출금… 명하가 그동안 무시하며 덮어 두었던 문제에 정미가 보낸 돈 3천만원이 사라졌다. 나머지 천만원은 딸의 대학 등록금으로 은행에 넣어 두었다. 돈을 받아먹은 명하는 정미의 편지에 답장 첫 줄을 쓴다. 옛날부터 글에 뜻은 있었지만 삶에 쫓기다 보니 기회가 없었다. 40에 이혼하고 주간에는 직장. 야간에는 글에 미쳐 2년 만에 작품 하나를 썼다. 겸업 작가로 작품에 전력은 못 했지만 그래도 도림에서 출간하여 좀 나갔다. 딸의 폰과 연립 보증금을 해결할 만큼의 목돈 인세가 생겼지만 미루고 미루던 출판사가 증발하는 바람에 인생의 전환점이 되어 버린 것이다.

"최중희씨를 만나러 왔습니다."

명하가 1층 안내 데스크에서 입을 열었다.

"무슨 일 때문이십니까. 누구시라고 전할까요?"

"우명하라고 합니다."

의사나 병원 직원들을 찾아오는 손님들이 대기하는 휴게실 입구에서 중희는 누가 우명하일까 걸음을 멈추고 둘러보았다. 외부인 대기 휴게실에 남자 손님은 혼자였다. 친구 정미가 마음에 둔 남자, 사색에 젖어 있는 명하의 모습은 중희의 눈에도 깊이 들어왔다. 그녀의 눈에 비친 명하는 그냥 잘 생긴 남자가 아니고 보통 남자에게는 없는 다른 모습이 보였다. 중희의 모습이 뜨겁게 느껴졌을까. 명하가 입구 쪽으로 고개를 돌렸다. 자신을 향해 오고 있는 중희에게서 명하는 팜므파탈을 보았다.

"우명하 씨."

중희가 테이블 앞에서 입을 열자 명하가 자리에서 일어나 목례를 했다.

"예, 최중희 선생님이신가요?"

명하가 손짓으로 중희에게 먼저 앉기를 권했다.

"예, 우리 처음 만나는 거죠?"

중희가 먼저 앉으며 말했다.

"모르죠. 혹시나 길에서 우연히 스쳤는지도….'

명하가 미소를 지으며 말했다.

'하, 요것 봐라. 정미야 네가 감당할 남자가 아닌 것 같다.'

"전 우연 안 믿어요. 정말 명하 씨 이름도 얼굴도 낯설지 않아요."

중희가 손으로 턱을 괴며 말했다. 그녀의 팔꿈치가 테이블에 닿았고 자연히 얼굴이 명하 쪽으로 가까워졌다. 얼굴도 잘 생겼지만 귀까지 잘 생겼다. 중희는 잘 익은 보리수 열매 같은 명하의 귓불을 자근자근 깨물어 주고 싶은 욕망이 일었다. 강한 향수 냄새가 명하의 공복 후각을 자극했다.

"화이트 블루 넘버5를 쓰시는군요. 제가 가장 싫어하는 향인데."

"그래요? 그럼 명하 씨가 가장 좋아하는 향은 뭐죠?"

명하의 말에 마음이 상했지만 발끈하는 감정을 누르며

중희가 물었다. 여자에게 직설적인 명하의 말이 중희의 자존심과 본능을 깨우고 있었다.

"말해도 됩니까?"

"예, 말씀하세요. 좋아하는 향이 금기는 아니잖아요."

"전 단순한 향이 아닌 신이 준 여자의 본능적 향을 좋아합니다."

"그만요."

중희가 외쳤다. 명하의 말에 주문이 걸린 듯 그녀는 무의식 속으로 빠져 버렸다. 중희는 명하와 정사를 하고 있었다. 명하의 입술이 중희의 몸 구석구석을 거치며 향기의 샘을 파헤치고 있었다. 중희가 숨을 몰아쉬고 있었다.

"최 선생님, 괜찮습니까?"

"예. 가시죠. 검사하러 오셨잖아요."

높아진 명하의 음성에 중희가 정신을 차리고 자리에서 일어나며 말했다. 그녀는 자신의 속옷 한 부분이 젖은 것을 느낄 수 있었다. 두 사람이 승강기 앞에 섰다.

"정미 씨 친구 맞나요? 두 분이 많이 다른 것 같아요."

"그래요. 잘 보셨어요. 그래서 정미와 친구가 되었는지도 모르죠. 어제 저녁부터 못 드셨죠. 검사 끝나면 브런치 같이 해요."

중희가 생글거리며 말했다.

"미안해요. 직장일이 바빠서 가봐야 합니다."

"회사요? 정미와 결혼하면 그만둘 텐데. 저 아무나 하고 밥 먹는 여자 아니거든요."

두 사람이 승강기에 올라 6층에서 내렸다. 명하가 한숨을 쉬었다.

"임상병리과는 대개 저층에 있지 않나요?"

배고픈 공복에 끌려다니는 것 같아 짜증이 나서 명하가 한마디 했다.

"꼭 그런 법은 없죠."

명하의 짜증에 중희가 복도를 앞서 나가며 대답했다. 잠시 복도를 지나 우측으로 꺾어지자 임상병리과가 나타났다. 중희가 임상병리과장과 얘기하는 동안 명하는 그들과 몇 미터 정도 거리를 두고 있었다.

"명하 씨, 30분 후에 봐요."

중희가 명하와 병리과장을 인사시키고 가면서 말했다. 중희와 비슷한 나이 또래인 여자 임상병리과장이 인사를 하고 나서 명하를 유심히 보았다.

산부인과 방으로 돌아온 중희는 은은한 핑크빛이 감도는 진료가운을 벗고 자주색 원피스로 갈아입었다. 입술색도 정열적인 레드로 바꿨다. 40여 분의 시간이 흘렀다.

"조선생, 그 사람 어디 있어요? 검진 다 끝났죠."

중희가 임상병리과장 조수정에게 명하의 행방을 물으며 두리번거렸다.

"우 선생님 바쁘다고 끝나자마자 바로 가셨는데요."

"뭐, 뭐라구요?"

임상병리과장의 말에 중희는 기가 막혔다. 남자에게 처음 맞는 바람이었기 때문이다. 그녀는 폰을 꺼내 전화를 하려다 다시 조 과장에게 물었다.

"우명하 그 자식 차트 좀 줘 봐요."

중희의 목소리는 흥분돼 있었다.

"우 선생님 최 선생님께 이자식 저자식 소리 들을 만한 사람 아닙니다."

조 선생이 중희에게 차트를 툭 내밀며 말했다.

"난 또 뭐 대단한 일을 한다구. 기가 막히네… 그런데 이런 작자를 왜 조선생은 아까부터 우 선생님, 우 선생님 하는 거죠?"

중희가 명하의 차트를 보며 물었다. 중희 물음에 조 선생은 서랍에서 소설책 한 권을 꺼냈다. 명하의《하얀 무지개》였다.

"이 소설은 별로 알려지지는 않았지만 제가 최근 가장 감명깊게 읽은 소설입니다. 저자가 우명하 씨입니다."

조 선생이《하얀 무지개》를 들어 보이며 중희를 향해 당신은 죽어도 이런 소설을 못 쓴다는 듯 말했다.

"뭐라구요? 어디 이리 줘 봐요."

중희가 책을 잡으려고 손을 내밀었다.

"최 선생님은 이 책 볼 자격 없습니다."

조 선생이 명하의 소설책을 서랍에 넣으며 말했다. 중희는 쇠망치로 머리를 한 대 얻어맞은 기분이었다.

(9)

카페 '아사녀'에서 중희는 정미를 기다리고 있었다. 그녀 앞 테이블에는 명하의 소설 《하얀 무지개》가 놓여 있었다. 얼마나 기다렸을까. 중희가 짜증날쯤에 종업원들의 인사를 받으며 정미가 들어왔다. 이 카페는 정미의 건물에 있었고 그녀가 직접 운영하는 업소였다. 정미가 중희의 맞은 편에 앉으며 소설책을 슬며시 보았다.

"우명하 씨, 우리 병원에서 검진 받았다. 최종 결과는 내일 나올 거야."

"그래, 받았어?"

정미는 중희가 또 모종의 일을 벌이고 있다는 것을 느낄 수 있었다.

"그냥 즐기는 사이면 굳이 건강진단서가 필요 없을 텐데. 그렇다구 결혼할 것도 아닌 것 같은데. 도대체 우명하 씨는 뭐냐?"

중희가 작정한 듯 물고 늘어졌다.

"너 무서워 어디 솔직하게 말하겠니."

정미가 웃으며 피했다. 중희가 책을 들었다 놓으며 입을 열었다.

"우명하 씨 글 꽤 괜찮던데. 험한 일 하기에는 아까운 사람이던데. 솔직히 말해봐."

정미는 중희가 남자 문제로 이렇게 심각해 하는 것을 보지 못했다.

"명하 씨는 내 남자야. 네가 왜 그 사람 뒷조사를 하니?"

"넌 어디 병원이 없어 그 사람을 왜 우리 병원에 보냈니?"

정미와 중희 사이에 긴 침묵이 흐르며 신경전이 이어졌다. 종업원이 주스 두 잔을 가져와 테이블에 놓고 두 여자의 눈치를 살피며 갔다.

"명하 씨 나이 많아 우리와 띠 동갑이야. 거기다 이혼남이구. 중희 너와는 거리가 멀어."

정미가 차분한 목소리로 오랜 침묵을 깼다.

"그게 무슨 문제니. 그 사람 매력 있던데. 여자들이 보는 눈은 다 같잖아."

중희가 담담하게 말했다. 정미는 중희의 입에 물려있는 명하를 본 것 같았다.

"6개월만 참아줘."

"6개월만 참으라니. 알기 쉽게 말해 줄 수 없니?

정미가 주스 한 모금을 마시고 심호흡을 하며 무겁게 입을 열었다.

"우리 여섯 달만 뜨겁게 사랑할 거야. 어쩌면 서너 달이 될지도 모르고."

"너 무슨 말을 하는 거니? 계약연애하려는 거냐?"

중희가 심각하게 물었다. 그녀에게는 정미의 말이 작은 충격이었다.

"나 이제 싱글맘으로 살 거야."

"너…?"

중희가 말문이 막혀 피식 웃고 말았다. 반면 정미의 얼굴은 진지했다.

"네가 비웃어도 괜찮아."

"정미야, 나 같은 바람녀도 그냥 즐기고 헤어지는 것은 가볍게 할 수 있어. 그러나 그 남자의 아이를 갖는 다는 거 결코 쉬운 일이 아니야. 싱글맘이 네가 원하는 것이라면 정자 은행을 알아봐. 내가 비밀 지켜줄게."

중희의 말에는 친구를 위하는 진심이 있는 것 같았다.

"사람이 소나 돼지는 아니잖니. 내가 싱글맘을 선택했어도 내 아이가 커서 아빠에 대해 물으면 말해 줄 의무는 있지 않을까? 잘 생기고, 착하고, 머리 좋고…."

"우명하 씨 건강진단서가 필요한 이유를 알겠다. 너 너무 힘든 길로 들어선 것 같다."

"나두 알고 있어."

정미의 얼굴에 굳은 결의가 보였다.

"너두 그렇지만 우명하 씨도 참 아이러니하다. 소설가답다. 갈랜다. 너에게서 더 무서운 말이 나올까봐 겁난다."

중희가 천천히 일어나 나갔다.

(10)

"선생님, 우명하 씨라는 분이 찾아 오셨습니다. 남자입니다."

산부인과 담당 간호사가 문을 반쯤 열고 말했다.

"이리 모셔. 차 필요 없고 한 시간 정도 아무도 들여보내지 마."

"예. …아 예."

간호사가 문을 닫고 몸을 돌리며 입을 내밀었다. 중희가 가운을 벗고 하나로 묶었던 머리카락을 풀었다. 타이트한 반팔 티에 주름진 초미니 스커트, 귀여움에 성숙미를 더한 자신의 몸을 살피며 만족한 듯 미소를 지었다. 노크 소리가 들렸다.

"예. 들어오세요."

중희가 진료용 침대에 걸터앉으며 말했다. 스커트 끝자락이 더욱 위쪽으로 올라가며 하얀색 스타킹과 연결된 가터벨트가 드러났다. 안으로 들어선 명하는 인사말을 하려다 중희의 옷차림을 보고 경직되었으나 차분히 입을 열었다.

"외출하실 시간에 제가 온 건 아닌가요?"

"빙고!"

"미안합니다. 저도 바쁘니까 빨리 진단서 주시죠."

"정미를 그렇게 사랑하세요? 단 6개월밖에 가질 수 없고, 헤어지는 아픔을 감수할 만큼?"

중희의 질문에 명하가 쓴웃음을 지으며 잠시 생각에 잠기다 말했다.

"그것이 정미가 원하는 사랑이라면 제 아픔은 그 다음이겠죠."

명하는 중희에게 솔직하게 말하고 싶지 않았다. 그녀도 정미에게 자세한 내막을 들은 것 같지는 않았기 때문이다.

"이걸 어떻게… 진단서에 내가 사인을 해야 정미가 명하 씨를 받아 줄 텐데. 나 그냥 사인해주기 싫은데."

중희가 어리광 부리듯 콧소리를 내가며 말했다.

"이제 보니 의사가 아니라 딜러셨군."

명하는 자신을 이 방으로 안내하던 간호사가 보내는 묘한 미소의 의미를 이제야 알 것 같았다.

"정미보다 먼저 명하 씨를 갖고 싶어. 으음!"

중희가 천천히 다리를 벌렸다. 아이보리색의 속옷이 물기를 머금고 수줍게 곡선의 자태를 드러냈다.

"당신은 사랑과 섹스를 분리하는 여자지?"

"바보같이, 지금 소설 쓰니? 나 급해."

중희가 흥분해 소리쳤다.

"그렇게 간절하면 이걸 쓰라구."

명하가 몸을 돌려 문 쪽으로 향하며 손가락을 세워 보였다.

"나쁜 새끼… 너 고자지? 그래 고자일 거야."

중희가 다급하게 소리쳤다. 문고리를 잡기 직전 명하가 걸음을 멈추었다. 입술을 지그시 깨물며 천정을 응시하던 그가 몸을 중희 쪽으로 돌리고 벨트를 풀었다.

"허억!"

중희가 숨을 멈추었다. 답답한 바지 속에서 튀어나온 놈은 그녀가 이제껏 보아 왔던 것들과는 다른 힘을 가지고 있었다. 적진을 향해 금방이라도 발사될 것 같은 완벽한 힘을 놈은 가지고 있었다. 중희는 눈을 감으며 엉덩이를 들었다. 당장 명하가 그대로 달려와 속옷을 벗겨 줄 것을 기대하면서. 그러나 '쾅' 세차게 닫히는 문소리에 놀란 중희가 눈을 떴을 때 명하는 그 어디에도 없었다.

(11)

중희는 세상의 모든 남자들이 다 자기가 마음만 먹으면 넘어오는 줄 알았다. 실제로 그녀의 말 한마디 몸동작 하나에 다 넘어왔었다. 명하는 그 전설에 종지부를 찍은 남자였다. 그녀가 생각하는 남자란 그저 자신을 보고 달려드는 발

정난 수캐 같은 무리였다. 그런데 명하는 그 생각을 뒤집어 놓은 최초의 남자였다. 처음에는 그저 친구의 잘 생긴 남자를 헌팅한다는 재미로 시작한 게임이었다. 그러나 처음 만나 대화를 하다 자신도 모르게 가상 섹스에 빠지고 철저히 준비한 전투에서 자신이 명하에게 깨끗하게 진 것을 인정할 수밖에 없었다. 중희도 명하의 《하얀 무지개》를 읽어 보았다. 그 것도 두 번씩이나. 그녀가 인상 깊게 읽었던 장면은 개미지옥에 관한 것이었다. 소설 속에서 개미귀신은 함정을 파고 기다리는 여자로. 먹이를 찾아 헤매다 함정에 빠져 마지막 체액 한 방울까지 뺏기고 함정 밖으로 던져지는 개미를 남자로 표현하고 있었다. 도시 출신 중희는 그 장면을 읽고 곤충 백과사전을 찾아보았다. 여름날 시골 개울가 모래밭에서 벌어지는 개미와 개미귀신의 운명이 정말 남녀 관계와 묘하게 닮아 있었다. 중희도 개미귀신처럼 함정을 잘 만들었다고 믿었다. 그리고 우명하라는 사냥감도 분명 함정에 빠졌다고 생각했다. 하지만 중희는 본능을 억제하며 명하가 방을 나가고 촉촉이 젖은 속옷을 갈아입으며 명하의 함정에 자신이 빠져 버린 것을 깨달았다. 그러나 그것은 그저 작은 함정이 아니었다. 벗어날 수 없는 블랙홀이라는 것을 그녀는 미처 몰랐다.

"여기 우명하 씨 건강진단서 대령이다."

아무 연락 없이 정미의 사무실을 찾은 중희가 응접 테이블에 명하의 진단서를 놓으며 말했다.

"아무 이상 없겠지?"

정미가 책상 사무용 의자에서 일어나 진단서를 집어들고 응접 소파에 앉으며 물었다.

"글쎄?"

중희가 정미의 맞은편에 앉으며 대답을 피했다. 정미가 봉투에 들어있던 서류를 꺼내 살펴보았다. 하주임이 들어와 중희를 보고 손으로 마시는 자세를 취했다. 그녀가 손사래를 치자 하주임이 가볍게 목례를 하고 방을 나갔다.

"네 소견서하고 사인이 없네."

정미가 서류를 응접 테이블에 던지며 말했다.

"그래 없지. 왜 없을까? 한번 맞혀 봐라."

정미는 중희의 말에서 심기가 불편한 친구의 마음을 읽었다. 중희가 이렇게 나올 때는 뭔가 자신이 원하던 것을 놓쳐 버렸기 때문이다.

"명하 씨 건강에 무슨 문제라도 있는 거니?"

"아니. 그 사람은 너무 건강해. 문제는 네게 있는 것 같은데."

정미의 질문에 중희가 반문했다.

"내가 뭘. 난 건강한 아이를 갖고 싶은 것뿐이야."

"그래 좋아. 이 세상에 존재하는 모든 암컷들의 꿈이니까. 하지만 너는, 너는 말이야, 네 남자를 못 믿었어."

중희의 말에 정미는 입을 굳게 다물었다. 긴 침묵 끝에 중희가 자리에서 일어나자 정미가 급하게 말했다.

"미안해. 미안하다구."

"그래 좋아. 난 뭐 괜찮아. 내가 뭐 앞으로 명하 씨 만날 일이 있겠니."

"건강진단서에 네 사인이 없다는 건 명하 씨가 네 유혹을 거절했다는 것인데. 네 자존심을 꺾은 남자를 그냥 보고만 있을까?"

"나 명하 씨에게 두 손 들었다. 깨끗이 졌어."

중희가 두 손을 들고 양쪽으로 펼쳐 보이며 말했다.

"백기 든 네가 더 무섭다."

"너 임신하면 명하 씨 쿨하게 놓아줘. 나 그 사람 좋아질 것 같으니까."

정미는 대답을 못했다. 중희가 머리를 도리질하며 방을 나갔다. 중희가 아는 정미는 샤프한 여자였다. 하지만 그녀에게 우명하가 첫 남자라는 사실이 중희의 발걸음을 무겁게 잡고 있었다.

(12)

정미는 집 하나를 구하기 위해 사흘째 광능내로 출근하고 있다. 대로변에서 멀리 떨어진 곳에 적당한 크기의 집을 6개월간 임대할 생각이다. 개발이 많이 되었지만 아직

도 시골티가 나는 광능내의 4월 말은 싱그러웠다. 진달래
꽃 향기가 운전하는 정미의 코끝까지 전해졌다. 꽃의 정령
이 찾아올 것 같은 날씨였다. 정미는 맘에 드는 집을 오늘
얻을 것 같은 예감이 들었다.

오늘도 가장 늦게 공장 문을 나선 명하가 공터 주차장으
로 들어서다 걸음을 멈추었다. 자기 차 외에 낯선 중형차
한 대가 보였기 때문이다. 번호와 차 색깔이 낯익어 명하가
생각에 집중하려 할 때 차에서 내리는 여자가 있었다. 윤정
미였다. 그녀가 운전석에서 내려 명하에게 정중히 목례를
했다.

"잘 지내셨어요?"

"예."

명하가 가볍게 목례를 하며 생각에 잠겼다.

'계약이 깨져 선금을 찾으러 오셨나?'

몇천만원의 거금을 생각하니 입에서 단내가 났다.

"제 부탁을 들어줘 뭐라구 감사를 드려야 할지 모르겠어요."

'무슨 말이지?'

명하가 정미의 얼굴을 응시했다. 그녀가 가볍게 웃으며
다시 입을 열었다.

"중희가 건강진단서 가져왔어요. 명하 씨가 그냥 가셨다
구. 그 친구 장난이 좀 심하죠?"

"아, 예."

명하는 쓴웃음을 지었다.

"저…, 6개월 동안 쓸 작은 연립을 마련했어요. 같이 가보시겠어요?"

"예, 그렇게 하죠."

정미는 명하의 얼굴 표정을 살폈다. 6개월 동안 자신보다 많이 어린 여자와 섹스도 하고 억대의 거금을 챙기게 되었는데 기쁜 표정은 모기 눈알만큼도 보이지 않았다. 기쁨은커녕 그의 눈에서는 슬픔이 하염없이 솟아나는 것 같았다. 정미는 그 슬픔이 싫지 않았다. 아마도 그 순간 명하의 얼굴에 조금이라도 기쁨이 보였다면 정미는 그 계약을 파기했을지도 모른다.

"제 차를 따라오세요."

정미의 말에 명하는 고개를 끄덕였고 그녀는 자신의 차에 올라 출발했다. 명하는 정미의 차를 충분한 간격을 두고 따랐다. 저번 비즈니스 때 잠깐 보았지만 그녀의 승용차는 그저 평범한 국산 중형차로 3년 정도 지난 연식에 중간 옵션 차였다. 승용차는 그렇다 치더라도 정미의 옷차림은 또 어떻고. 명품은 고사하고 평범해도 너무 평범하다. 자기 자신에게 그렇게 인색한 여자가 그 거금을 들여 이 일을 벌이는 이유를 소설을 써 남의 심리를 조금 안다고 자부하는 명하도 도무지 이해할 수 없는 일이었다. 정미는 명하도 처음 가 보는 곳으로 가고 있었다. 이곳에서 5년 넘게 살아온 명하가 여기에 이런 곳이 있었나 할 정도로 조용한 곳이었다. 대로에서 야산을 끼고 돌고 돌아 멈춤 곳은 새로 지은 연립 10여 동이 있을 뿐 마을 원주민은 없는 듯했다. 제일 앞 동 연립 지상층 하나에 작은 슈퍼가 자리잡고 있었는데 '오목 슈퍼'라는 간판이 걸려 있었다. 연립에 의무적으로 만들어 놓은 주차장에는 초저녁인데도 만차였고 대부분이 길 옆이나 좁은 공터에 승용차들이 자리하고 있었다. 명하는 정미가 주차하는 공터 적당한 곳에 주차를 하고 운전석에서 내렸다. 정미가 명하를 한 번 뒤돌아보고 3동-1 이라고 쓰여진 연립 입구로 들어갔다. 정미가 3동 첫 번째 라인 안으로 들어간 지 한참이 지났건만 명하의 발은 석상처럼 움직이지 않았다. 정미는 2층에 올라 오른쪽에 있는 현관문에 전자키 고리를 터치하려다 멈추고 뒤돌아보았다. 느낌대로 명하가 따라오지 않았다. 명하가 보이지 않자 다시 계단을 내려가려고 하던 정미가 멈추었다. 그녀가 머리를 도리질했다. 그리고 한숨을 토한 뒤에 현관문에 기대 마음속으로 별을 헤아렸다. 정미는 지금도 밤에 잠이 안 오면 소녀처럼 별을 헤아린다. 명하는 정미가 123개의 별을 찾았을 때 2층에 올라왔다. 명하가 웃으며 입을 열었다.

"여기야?"

"예, 여기….”

정미는 가슴이 덜컹 내려앉는 느낌을 받았다. 갑자기 말을 놓아버리는 명하가 지금 그 일을 시작할지도 모른다는 생각이 들어서였다.

"들어가자."

"예, 이거….."

정미가 전자키 고리 하나를 명하에게 내밀었다. 손이 가늘게 떨리는 움직임이 대롱거리는 열쇠고리에 전해졌다. 명하가 받은 열쇠로 문을 열고 먼저 안으로 들어갔다. 뒤따라 들어온 정미의 얼굴에 공포심이 가득했다.

"정미야, 이 일은 네가 먼저 시작한 일이야. 네 마음이 준비될 때까지 지켜줄게."

"….."

정미는 굳어졌던 자신의 몸이 풀리는 걸 느낄 수 있었다.

"우리 사이에 벽이 없다고 말할 수는 없겠지. 나이로 본다면 내가 큰오빠쯤 되니 말 놓아도 되겠지. 그래야 좀 더 편해지고 가까워지겠지. 정미가 내게 말 놓아도 난 괜찮아."

"예, 차차….."

연립은 17평쯤 돼 보였다. 현관을 들어서면 거실 겸 주방이 보였다. 거실을 등지고 있는 작은 화장실과 그 옆에 작은 방 하나, 주방과 거실에는 가구나 그릇 하나 보이지 않았다. 명하는 거실을 가로질러 안방 문을 열었다. 그리 크지 않은 안방에는 작은 옷장과 침구를 갖춘 퀸 침대가 있었고 창에는 은은한 분위기의 커튼이 걸려 있었다.

"내일 토요일인데 뭐 할 거야?"

명하가 안방 문을 닫고 돌아서며 거실에 있는 정미에게 물었다. 그녀는 바로 대답할 수가 없었다. 정미에게 지금까지 모든 날짜는 다 똑같았다. 토요일이나 휴일이라고 특별히 다르게 보낸 적이 없었다. 휴일을 즐기는 연인들이나 가족들의 모습은 언제나 그녀에게 유리벽 넘어 세상이었다. 정미는 명하의 마음을 알고 있었다. 휴일에 좀 더 많은 시간을 같이 보내 서먹함을 없애 보자는 뜻을. 하지만 그것은 양날의 검처럼 그녀의 가슴에 추억이라는 아픔을 남기는 걸 너무나 잘 알고 있었다.

"내…내일 결혼식에 가 봐야 할 것 같아요. 친구 결혼식."

정미는 마음에도 없는 거짓말을 했다. 하지만 그녀는 얼굴 표정을 숨길 수 없어 명하가 볼 수 없게 돌리고 말했다. 정미의 숨길 수 없는 본능적인 버릇이었다. 명하가 쓴웃음을 지으며 입을 열었다.

"선약이 있는 줄 모르고 내가 얘기를 했군."

어색함과 적막감이 좁은 집안을 더욱 답답하게 했다. 분위기를 못 참고 명하가 현관으로 발걸음할 때 정미가 급히 입을 열었다.

"제가 무리한 부탁드린 거 알고 있어요. 연인처럼 뜨겁게 사랑하고 깨끗하게 뒤 끝 없이 헤어지자는 거."

정미는 말끝을 흐리며 고개를 숙였다.

"헤어지는 건 이를 악물면 되겠지만 사랑하는 건 정말 감정이 필요한 거야."

'제 마음은 언제나 명하 씨 감정 받아 줄 준비가 되어 있어요.'

정미가 고개를 들어 명하의 눈을 보았다. 그의 눈은 항상 공허하면서도 어떤 감정에 젖은 듯 촉촉했다.

"우리가 언제 하나가 될지 모르지만 일단은 만나는 날을 정해야 할 것 같아. 내 생각은 화, 목, 토요일이 좋을 것 같은데."

"저는 아무래도 좋아요."

정미의 두 눈이 빛나고 있었다. 명하는 그때 기도했다. 이 여자를 사랑하더라도 불행하지 않게 끝을 맺어 달라고.

"내일 토요일이니까. 내일 저녁에 보자."

명하가 그 말을 끝으로 정미를 남겨 두고 현관문을 나갔다. 현관문이 '쿵' 소리를 내며 닫히자 정미는 느꼈다. 가슴 한 쪽이 문소리보다 더 큰소리로 무너지는 것을. 내일이면 다시 볼 텐데 왜 이렇게 가슴이 답답한 걸까.

(13)

자유로로 접어들어 한참을 달리던 중희는 첫 번째 간이 휴게소 간판이 보이자 그곳 주차장으로 들어가 주차를 하고 차에서 내렸다. 휴게실 지붕에 설치된 디지털시계가 밤 10시를 알리고 있었다. 그녀는 주차된 승용차들을 살펴보았다. 중희는 운전석 문에 영어 Q 자가 붙어있는 차를 찾고 있었다. 문제의 차는 주차장 제일 안쪽에 있었다. '톡톡', 중희가 운전석 유리창을 조용히 두드렸다. 유리창이 내려가면서 30대 후반의 여자 얼굴이 나타났다. 매서운 눈을 가진 여자였다.

"무슨 일이십니까?

"큐를 만나고 싶습니다."

"이쪽으로 타세요."

중희가 큐라고 부르는 여자의 옆자리에 탔다.

"이 방면에 최고라고 들었습니다."

"예, 자부합니다. 따라서 비용도 좀 생각하셔야 합니다."

중희의 질문에 큐라는 여자가 자신을 보이자 중희가 백에서 서류봉투 하나를 꺼내 큐에게 주었다.

"이 봉투에는 두 남녀의 사진이 들어있습니다. 두 사람의 행보와 그들의 생각까지 알고 싶습니다."

"잘 알겠습니다."

중희가 큐의 차에서 내렸다. 큐의 차가 움직여 주차장을 빠져나가는 모습을 보며 중희는 입술을 깨물었다. 그녀는 휴게실로 들어가 창가 쪽에 자리 잡고 앉아 생각에 잠겼다. 서른 셋 중희에게 지금까지 남자는 하나뿐이었다. 열아

흡, 의대에 입학하고 만난 첫사랑 첫 남자. 다섯 살이나 많은 그 남자는 중희에게 아가페보다 에로스를 먼저 일깨워 준 남자였다. 하지만 이제는 빛바랜 사진처럼 아련히 멀어지고 그 자리에 우명하라는 남자가 자리잡고 있었다. 그러나 두 사람의 만남은 나이만큼이나 세상의 질곡을 안고 만났다. 할 수만 있다면 명하와의 지난 만남을 모래 그림처럼 깨끗이 지워 버리고 새로 아름답게 그려 보고 싶은 심정이 간절했다. 흰 도화지에 크레파스를 들고 첫 그림을 그리는 아이처럼. 중희의 눈에서 눈물이 흐르고 있었다. 그녀도 모르는 눈물이었다.

(14)

명하가 현관문을 나가고 나서 정미의 마음은 창으로 달려가 문을 열고 떠나는 그의 뒷모습을 보는 것이었다. 하지만 정미는 몇 발자국을 못 가서 다리가 풀려 벽을 잡고 미끄러지며 거실 바닥에 주저앉고 말았다. 그리고 얼마나 시간이 흘렀는지 모른다. 어둠이 밀려와 암흑세계가 되었다. 정미는 어둠 속에서 벽에 등을 기대고 두 다리를 구부려 가슴까지 당긴 채 두 팔로 무릎을 감싸 안고 있었다. 그녀는 일어나 스위치를 켜 불을 밝히지 않았다. 어둠이 무섭지 않았다. 불을 밝히면 무슨 일이 벌어질 것 같았다. 암흑 속에서는 죽어가는 소리도 살아난다. 귀를 세우면 소리가 들린다. 엄마의 비명소리. 아니다. 그것은 비명 소리가 아니었다. 한 번도 들어 본 적 없는 엄마의 괴성. 암흑이 사라졌다. 정미의 눈앞에 빛이 나타나고 순간 모든 소리를 삼켜버렸다. 보이는 것은 살찐 사내 밑에 깔려 있는 알몸의 엄마가 아니었다. 커다란 상자를 받쳐 든 명하가 정미 앞에 있었다. 그녀가 울음을 터트렸다. 악몽을 꾸다 깬 아이처럼.

"정미야."

명하의 목소리까지 듣자 정미가 더욱 큰소리로 울었다. 명하가 상자를 바닥에 내려놓고 정미를 감싸 안았다. 그녀의 두 팔이 기다리고 있었다는 듯 명하의 목을 안았다. 명하는 정미가 어두운 거실에서 그대로 앉아 졸다가 갑자기 자신이 나타나 놀라 울어 버린 줄 알고 미안해 아무 말 못한 채 그녀가 스스로 울음을 그칠 때까지 기다렸다. 들먹이던 정미의 어깨가 호수처럼 잠잠해졌다. 정미가 명하의 얼굴을 이렇게 가까이서 본 것은 이번이 처음이다.

'이 기분은 뭘까? 세상이 다 내 것 같은 이 포만감!'

"놀라게 해서 미안해. 난 서울 집에 간 줄 알았지."

명하의 말에 정미가 말없이 손으로 명하의 얼굴을 매만졌다. 어디서 그런 대범한 용기가 나왔는지 그녀 자신도 놀랐다. 정미는 정신을 잃어갔다. 명하의 입술이 자신의 입술에 닿고 몸이 붕 떠오르고. 하복부에 통증을 느끼고. 엄마처럼 괴성을 지르고, 정미의 혼미했던 정신이 서서히 돌아오고 있었다. 그녀의 눈에 들어온 것은 불 꺼진 방에 스며드는 창문 밖 가로등 불빛이었다. 그리고 커튼 사이로 창밖을 보고 있는 나체의 남자. 한쪽 다리를 구부리고 비스듬히 서 있는 명하의 뒷모습. 정미는 느꼈다. 남자 나체, 그것도 뒷모습이 이렇게 아름다울 수 있다는 것을. 알맞게 파인 등. 계곡이 흘러내려 이룬 두 개의 봉우리는 손끝에 느껴지던 격렬함과는 다르게 잠잠하지만 힘만은 그대로 품고 있었다.

"춥잖아요. 이리와요."

정미의 목소리에 명하가 몸을 돌려 침대로 돌아와 곁에 누웠다. 오래된 연인처럼 명하가 팔을 내밀자 정미가 그 팔을 베개 삼아 안겨왔다. 풍만하고 탄력 있는 정미의 가슴이 명하의 몸에 닿았다. 그 감촉이 명하의 등줄기를 타고 뇌에 빠르게 전해졌다. 그리고 다시 머리에서 아래로, 아래로, 정미는 자기 허벅지에 닿은 명하의 몸 일부가 요동치는 것을 느꼈다. 따뜻하게, 뜨겁게, 하지만 순간 그 느낌이 멀어지고 있었다. 정미는 자기에게서 떨어지는 명하의 허리에 오른쪽 다리를 걸치며 말했다.

"하고 싶어. 해줘…."

평소에 정미가 음탕하다고 생각했던 언행이 순간적으로 나왔다. 정미는 명하가 피할 기회를 주지 않았다. 먹이를 휘감은 독사가 마지막 공격을 가하듯 정미는 명하의 입술을 물고 두 팔은 목을 감싸며 스스로 밑으로 파고들었다. 명하의 허리에 걸쳤던 다리 때문에 정미의 하체는 자연스럽게 꽃처럼 만개했다. 그녀의 입에서 실비명이 터져 나왔다. 다른 세상으로 공간 이동이었다. 알 수 없는 벽을 통과할 때는 잠깐의 고통이 따르고 곧 신세계가 나타났다. 천상의 음악이 들리고 아름다운 종소리도 들렸다.

(15)

정미가 침대에서 눈을 떴다. 커튼 사이로 비집고 들어오는 아침 햇살이 무지개보다 아름답게 그녀의 망막에 맺혔다. 건설업자가 이윤을 남기기 위해 싸구려 시공한 벽지도 고급 호텔의 실크 벽지보다 더 우아하게 보였다. 정미가 두 팔을 하늘로 뻗고 기지개를 켰다. 어젯밤에는 악몽도 없이 가장 달콤한 꽃잠을 잤다. 행복에 젖어 자신의 몸을 살피던 정미가 화들짝 놀라며 침대에서 내려왔다.

"명하 씨."

정미가 이브의 몸으로 거실로 통하는 문을 벌컥 열었다. 자신을 그냥 두고 명하가 떠났을 거란 생각이 들었다.

"어! 일어났네? 샤워하고 옷 입어. 아침 먹자."

거실 벽에 등을 붙이고 세운 오른쪽 무릎에 노트를 놓은 채 무엇인가를 쓰고 있던 명하가 고개를 돌리며 말했다. 명하가 보이자 달려가려던 정미가 자신의 벗은 몸을 보고 당황했다.

"어떡해…!"

"자, 욕실로 가. 옷은 내가 욕실 문 앞에 놓아 줄게."

명하가 창 쪽으로 고개를 돌리며 말했다. 잠시 망설이던 정미가 바쁘게 거실을 가로질러 욕실로 들어갔다. 명하는 일어나 안방으로 갔다. 어젯밤의 흔적이 침대에 남아 있었다. 여기저기 구겨진 침대 시트, 그리고 아이보리색에 물든 빨간 꽃, …핏꽃 …꽃. 작은 옷장은 텅 비어 있었다. 아래쪽의 서랍까지. 명하는 할 수 없이 어제 자신이 벗긴 정미의 옷을 하나 남김없이 주워 욕실 문 앞에 갖다 놓았다.

"밥 참 맛있다."

어깨까지 내려오는 젖은 생머리를 찰랑거리며 정미가 아침밥을 맛있게 먹었다. 연신 생글거리며 행복에 젖어. 어제 명하가 가져온 상자가 두 사람의 밥상이었다. 반찬은 구운 스팸과 도시락용 김뿐이었다. 정미가 맞은편의 밥 먹는 명하를 보았다. 전번 갈비 먹을 때는 몰랐는데 밥을 복스럽게 먹었다. 누군가와 사랑을 나누고 같이 자고 일어나 아침밥을 먹는 일…, 극히 평범한 생활인데 가슴이 벅차오르는 느낌에서 시작하여 6개월 후까지 생각했을 때 목이 메었다. 명하가 바로 알아보고 생수병을 건네주었다.

"어제 저녁도 못 먹고 배고팠구나. 그래도 천천히 먹어."

정미의 마음을 알 리 없는 명하가 웃으며 말했다.

"아까 뭐하고 있었어?"

물을 마시고 정미가 궁금한 듯 물었다.

"글 쓰고 있었어, 소설."

"소설! 참 명하 씨 소설가였지."

어젯밤의 그 남자와 소설가 우명하가 매치가 잘 안 되었다. 생뚱맞은 정미의 말에 명하가 씩 웃었다.

"왜 서울 집에 안 갔어? 오늘 친구 결혼식 있다며."

명하의 질문에 대답을 안 하고 생글거리던 정미가 되물었다.

"명하 씨는 왜 오늘 안 오고 어젯밤에 온 건데?"

"집에 가니까 딸이 친구들을 데려왔어. 시험공부한다나. 밥 대충 먹고 쫓겨났지 뭐. 그래서 마트 가서 밥 먹을 재료와 욕실 용품 몇 가지 사 가지고 왔지. 조용히 글 쓰려구."

정미는 그제야 아침밥을 만든 취사도구들이 눈에 들어왔다. 휴대용 가스렌지와 작은 돌솥 그리고 밥그릇 두 개, 수저 두 개, 젓가락 두 벌, 또 등산용 코펠 후라이팬, 욕실에서 쓸 타월과 비누, 샴푸, 린스, 바디워시, 치약, 칫솔 두 개. 이 남자 자신이 쓴 소설만큼이나 섬세한 남자라는 걸 정미가 느낀 순간이었다. 그녀는 밥그릇 등 설거지할 것들을 싱크대에 넣고 물을 받아 놓았다. 수세미와 주방 세제는 보이지 않았다.

"요 앞 슈퍼에 세재와 수세미 있을 거야. 다녀올게."

"잠깐… 잠깐만."

나가려는 명하를 정미가 막았다.

"왜 그래?"

"같이 쇼핑가. 지금 생각해 보니 살 게 많은 거 같아."

"결혼식에는 안 가?"

"그런 거 없어. 나 거짓말했어. 명하 씨에게 거짓말해 미안해서 불도 안 켜고 후회하고 있었던 거야."

정미가 명하 가슴에 안겼다. 명하는 정미의 어깨를 감싸 안았지만 걱정이 앞섰다. 자기 자신도 정미도 어제부터 너무 뜨겁게 달아올랐다. 브레이크가 파열된 폭주기관차처럼 거침없이. 곧 레일이 끝나는 것을 알면서도. 정미가 배시시 고개를 들더니 까치발을 하고 명하의 입술에 가볍게 키스하고 품에서 빠져나왔다. 명하의 마음을 읽기라도 한 것처럼. 정미가 외출 준비에 1시간을 소비한 것 같았다. 특별히 갈아입을 옷도 없고 화장도 그리 진하게 하지 않았는데. 그녀도 여자구나 하고 명하가 느낄 때 정미가 준비를 마치고 팔짱을 꼈다.

"아이고, 새댁 어디 가우?"

명하의 팔에 매달려 연립 입구를 나서는 정미를 보고 위쪽에서 내려오던 50대 중반의 여자가 말을 붙여왔다.

"누구시죠? 저희를 아시나요."

정미가 생글거리며 물었다.

"나 오목슈퍼 주인이라우. 새로 이사 온 새댁 맞지? 우리 슈퍼 물건 좋으니까 꼭 들러 봐요. 내가 직접 만든 밑반찬도 파니까."

여자가 두 사람을 신혼부부로 알고 단골을 잡기 위해 열성이었다.

"아, 제가 새댁 같아 보이세요?"

정미가 신나서 물었다.

"그럼, 새댁은 딱 얼굴만 보면 알아. 신랑 사랑이 그 어느 화장품하고 비교가 되겠어?"

"예, 한번 구경 갈게요."

여자가 손을 흔들며 내려가고 정미와 명하가 차에 올랐다.

'명하 씨, 우리 정말 결혼할까?'

정미가 차 시동을 걸고 명하를 돌아보며 생각에 잠겼다.

"내 얼굴 구멍 나겠다."

정미가 한동안 자신의 얼굴을 쳐다보자 명하가 입을 열었다.

"으응, 우리 신랑 잘난 얼굴 구멍 나면 큰일 나지. 히힛!"

"정미, 너 농담도 하니?"

명하가 피식 웃으며 물었다. 그녀가 어젯밤 이후로 많이 변한 것 같았다.

'농담…!'

중희가 야한 농담을 할 때면 맞장구를 쳤다. 그것도 잘 모르는 남자를 안주 삼아. 하지만 이제 이 남자를 상대로 농밀한 얘기를 마음껏 하고 싶다. 그의 숨결을 들으며 밤새 도록. 정미는 퇴계원 쪽으로 가다가 길가에 있는 큰 가구 매장에 차를 세웠다.

"명하 씨 책상하고 의자 골라 보자. 작은방에 놓고 글 쓸 수 있게."

"정미야. 난…."

정미는 명하의 대답이 끝나기도 전에 차에서 내려 혼자 매장으로 들어갔다가 한참 만에 돌아왔다.

"작은방에 중간 정도 책상하고 작은 책꽂이, 1인용 소파 를 놓을 거야. 명하 씨가 그 방에서 얼마나 글을 쓸 줄 모르 겠지만. 글 쓰는 내 남자에게 커피 내려 주고 싶어."

차 밖으로 나와 먼 곳을 응시하고 있던 명하의 옆에서 정 미가 말했다.

"내가 시작을 잘못한 것 같군. 빈손으로 오늘 오후에나 오는 건데."

명하가 자책감에 젖어 말했다. 이 소꿉놀이를 시작한 자 기 자신이 싫어졌다. 그녀가 착각에 빠져 판을 키우려 하는 것을 막아야 했다.

"명하 씨, 우리…."

"어제까지만 해도 이러지 않았잖아. 내게 거짓말?"

"그래 어제는 그랬어. 서먹함을 지우려고, 어디 놀러가서 쌓이는 추억 때문에 두려워서, 몇 달 뒤에 찾아올 이별이 힘들어질까봐. 근데 어젯밤 명하 씨 숨결 들으며 여자가 되고 알았어. 날 이렇게 사랑해 주는 남자에게 영양가 있는 맛있는 음식 만들어 줘야지. 명하 씨 올 시간 되면 예쁜 옷에 화장도 곱게 해야지. 소파에서 편히 쉬게 해야지. 레테의 강을 건너지 않는 한 쌓이는 추억을 피할 수 없는 법…, 《하얀 무지개》에서 명하 씨가 말했잖아. '여자는 추억을 먹고 산다. 여자의 생이 추억이다.'"

정미의 눈에는 진실이 보였다. 명하는 그것이 더 두려웠다.

"나, 피하지도 않고 두려워하지도 않을 거야. 명하 씨 아낌없이 사랑하고 예쁜 추억 많이 만들 거야."

굳은 결심을 하는 정미의 말이 끝나고 잠시 침묵이 흘렀다. 명하가 정미의 손을 살며시 잡으며 입을 열었다.

"윤정미, 네 마음 가는대로 해라. 나 그냥 따라갈게."

정미가 웃으며 고개를 끄덕였다. 두 사람이 서로 얼굴을 보다가 차에 올라 뜨거운 키스를 했다.

"명하 씨, 나 어떡해… 나!"

키스하던 정미가 입술을 떼고 흥분된 목소리로 말했다.

"참아 여기서는 안 돼. 집에 가서 해줄게."

"예약했어."

"그래."

정미는 생기를 되찾고 운전을 했다. 바쁜 하루가 될 것 같았다. 그녀는 콧노래를 흥얼거리며 퇴계원 쪽으로 향했다. 그리고 퇴계원을 지나 구리시에 도착해 백화점 지하에 주차했다. 그녀는 명하의 손을 잡고 백화점 전체를 누볐다. 명하를 위하여 구두 몇 켤레, 고가의 시계, 양복 다섯 벌, 넥타이 일곱 개, 일상복 몇 벌, 속옷 등, 그리고 전기면도기와 최고 사양의 노트북, 그리고 자신을 위해 화장품과 야한 속옷, 원피스와 미니스커트 몇 벌을 샀다. 명하가 정미를 처음 본 순간부터 그녀는 발목까지 내려오는 바지 차림이었다. 동물 세계에서 신이 암컷의 시선을 끌기 위해 수컷에게 화려한 뿔이며 아름다운 깃털을 주었다. 반면 신은 인간 여자에게 곡선이란 아름다움을 주었다. 그 곡선 자체도 아름답지만 곡선을 완성시켜주는 것이 속옷이다. 정숙녀의 대명사 같은 윤정미라는 여자, 하지만 그녀도 여자였고 이브의 피가 흐르고 있다는 것을 어젯밤부터 몇 시간 간격으로 느끼고 있었다. 정미는 주방용품 코너에서도 많은 것을 샀다. 판매원이 신혼용품이라며 이것저것 추천해 주었다. 명하의 노트북과 면도기를 산 가전 코너에서도 정미는 매장을 누비며 다녔다. 소형가전에서 생활가전까지 정미가 손짓할 때마다 판매원은 입이 벌어지며 좋아했다.

"명하 씨는 무슨 음식 좋아해?"

정미와 명하가 쇼핑을 끝내고 백화점 식당가에서 늦은 점심을 먹으며 정미가 물었다. 두 사람은 생선구이 정식을 먹고 있었다.

"한번 맞혀봐?"

명하가 웃으며 말했다.

"으응… 특별히 가리는 음식은 남쪽 지방에서 먹는 홍탁 같은 것, 그리고 간장 게장, 좋아하는 음식은 북어로 만든 조림이나 구이."

정미는 명하의 표정을 살피며 대답했다.

"어떻게 알았어?"

"나 신기 있는 거 몰랐지. 얼굴만 보면 탁 안다니까."

"에이 거짓말. 샤머니즘에 대해서는 나두 좀 알아."

정미가 웃으며 백에서 손수건을 꺼내 명하의 입가를 닦아주었다. 아가를 보살펴 주듯 부드럽게.

'이 여자가 어떻게 알았지?'

정미는 명하가 쓴 소설 《하얀 무지개》의 남자주인공 '건호'의 식성을 말했을 뿐이다. 무심코 자기의 식성을 소설 속 인물에 표현해 놓고 아련히 잊어버리는 남자, 그리고 보니 소설 속 건호와 명하가 많이 닮았다는 걸 정미가 느낀 순간이었다. 점심을 끝낸 정미는 명하의 손을 잡고 두 블록 지나 길 건너편에 있는 전통 시장에 들러 천연 조미료와 건어물을 샀다. 승용차 뒷좌석과 트렁크가 짐으로 가득 찼다.

"명하 씨 스마트폰 사 줄 걸."

작은 구형 폰으로 문자를 하는 명하를 보고 정미가 말했다.

"난 이게 좋아. 차가 많이 밀리네."

토요일 오후라 도시를 떠나는 차들이 꼬리에 꼬리를 물고 있었다. 명하가 문자를 끝내고 폰을 주머니에 넣었다. 차들이 거북이걸음으로 가다 서다를 반복했다. 정미가 운전을 하며 좌우로 두리번거렸다.

"꼭 찾으면 없다니까."

"뭘 찾는데?"

투덜거리는 정미를 돌아보며 명하가 물었다.

"모텔, …나 하고 싶단 말야."

정미가 입을 내밀며 어리광 부리듯 말했다.

"흐흠."

명하가 피식 웃었다.

"왜, 내가 옹녀로 보여?"

"뭐, 조금…."

"나두 몰랐어, 내가 이럴 수 있다는 걸."

넋두리처럼 말하던 정미의 얼굴이 밝아졌다. 주행 방향 50여 미터 전방에 모텔 하나가 보였다.

"정미야, 우리 모텔에는 가지 말자. 거기는 정말 아니다."

명하가 애원했다.

"모텔에 안 가고 바로 집에 가면 내게 뭐 해 줄 거야."

정미의 거래에 명하가 웃었다. 그녀가 몇 년 같이 산 마누라처럼 느껴졌다. 모텔이 더 가까워졌다.

"원하는 거 말해봐."

"두 가지가 있어. 하나는 집에 내일 가. 오늘밤도 같이 있고 싶어."

"또 하나는?"

"진도 나가 줘."

"진도? 진도에 놀러 가고 싶어?"

"그 진도 말고. 바보같이… 잘 들어봐."

정미가 답답한 듯 언성을 높였다.

"세이, 경청!"

명하가 귀를 쫑긋 세웠다.

"레슨 원 정상위, 레슨 투 후배위…. 그런 눈으로 보지 마. 요즘은 숫처녀도 이론은 킨제이 박사라구."

정미가 입술을 삐죽 내밀며 애교스럽게 말했다.

"알았어, 둘 다 들어줄게."

명하의 말에 정미가 웃으며 모텔을 그냥 지나쳤다. 명하의 눈에는 정미가 중희처럼 밝히는 여자로 보이지 않았다. 다만 자신에게 주어진 시간을 알차게 쓰고픈 여자로 보일 뿐이었다. 그리고 외롭고 힘든 길을 가려는 그녀의 지나온 여정이 조금은 궁금했다. 그러나 그것은 계약서 조항에 있던 금기사항이었다.

승용차에 싣고 온 마지막 짐을 명하가 어깨에서 거실 바닥으로 내려놓았다. '디리링' 거의 동시에 현관문 도어록도 걸렸다. 문 잠기는 것을 확인한 정미가 명하의 입술 공격에 들어갔다. 그리고 키스를 한 채로 뒷걸음으로 명하를 끌고 안방으로 향했다. 한 마리 개미가 자기보다 큰 먹이를 물고 굴로 끌고 가듯이. 여중생 때였든가? 미술시간, 여학생들은 들떠 있었다. 모두 다비드상을 그리고 있었고 하나같이 다비드의 하체에 대해 소곤거리고 킥킥거렸다. 정미는 지금 살아있는 다비드를 보고 있다. 어젯밤에는 어두워 보지 못했던 다비드의 실체를 백주에…. 자신에게 다가오는 다비드는 마술사였다. 어느 새 그녀를 비너스로 만들고 말벌이 되어 침으로 공격하는가 했는데 나비가 되어 애무와 꿀을 나눠주었다.

"너무… 너무… 좋아!"

정미가 엎드려 있는 명하를 돌아보며 숨을 몰아쉬고 말했다.

"나두…!"

명하가 숨을 고르며 말했다.

"사랑해… 명하 씨!"

"….."

"사랑한단 말 안 해도 난 괜찮아. 난 명하 씨 몸에서 느낄 수 있는 걸. 날 얼마나 사랑하는지…."

정미가 몸을 일으켜 바로 누운 명하의 하체를 신기한 듯 바라보았다.

"참 호기심 많은 아가씨네."

명하가 민망해 한마디 했다.

"요술봉이 따로 없네, 작아졌다, 커졌다. 귀여워 죽겠어… 히히!"

"명하가 정미의 손길을 피해 엎드려 버렸다.

"에이!"

"흥… 난 뒤 쪽도 좋아. 어제 희미한 어둠속에서 명하 씨 뒤태가 얼마나 멋졌는데. 등에서 내려와 솟은 이 라인 죽인다, 죽여. 우사노바다워."

정미의 손이 명하의 등에서 허벅지까지 오갔다.

"우사노바…?"

"유럽에 카사노바, 내 사랑 우명하 우사노바."

"난 바람둥이 아냐."

"알아. 레슨 원에서 레슨 투 피날레까지 끊어지지 않고 이어지는, 뭐랄까 파트너를 잘 이끌어주는 발레의 한 장면 같다고 느꼈어. 그 정열을 갖고 중희년의 유혹을 벗어난 것을 보면 명하 씨는 분명 바람둥이 아냐."

명하는 정미의 말에 순간적으로 마음이 상했다. 그러나 이내 풀렸다. 자신을 시험에 들게 한 그녀가 사랑스럽게 보였기 때문이다.

"왜 그런 여자와 친구가 된 거야?"

"글쎄… 중희는 만나면 늘 남자와 섹스 얘기만 해. 내가 모르는 난 중희의 그 음담패설에서 카타르시스를 느꼈는지도 몰라. 나두 요부끼가 조금 있나봐."

"조금은… 무슨!"

명하가 웃으며 바로 누웠다. 정미의 시선이 빛났다. 다시 힘이 돌아온 명하의 아래쪽에 그녀의 시선이 집중되었다. 뜨거운 눈길에 다시 돌아누우려는 명하의 몸 일부를 정미가 손으로 잡았다.

"내가 요부끼가 많다 이거지? 좋아… 정말 귀여운 베이비네. 레슨 쓰리 수업 좀 해볼까?"

"레슨 쓰리?"

"여성 상위…, 명하 씨 피곤하잖아."

정미가 몸을 움직여 명하의 몸 위로 올랐다. 명하는 눈앞에서 요동치는 정미의 탐스런 가슴이 주술사의 방울처럼 느껴지며 깊은 심연으로 빠져 버렸다.

"명하 씨, 샤워하고 저녁 먹어."

레슨 쓰리의 사랑을 끝내고 골아 떨어졌던 명하는 정미의 목소리에 눈을 떴다. 그녀가 일본 하녀풍의 복장을 하고 내려다보고 있었다. 화려한 헤어밴드형 스카프와 앞치마가 잘 어울렸다. 이미 날은 저물어 밤이었다.

"예쁘다! 잘 어울려."

"명하 씨 취향에 맞지?"

정미가 원피스 자락을 잡고 하녀 인사를 하며 말했다.

"귀신이 따로 없군. 나두 좀 신비롭게 살자."

"명하 씨 몸이 신비롭잖아. 자, 그대로 욕실까지 스트리킹, 샤워하고 나오면 내가 옷 입혀 줄게."

침대에서 일어난 명하의 엉덩이를 정미가 가볍게 두들기며 말했다. 명하가 샤워하는 동안 정미는 밥을 차렸다.

"어…?"

욕실을 나온 명하는 거실에 차려진 밥상을 보고 많이 놀랐다. 한눈에 보아도 경력 10년 정도의 주부 포스가 느껴졌다. 정미는 명하가 들고 나온 수건을 받아 등이랑 물기가 남아 있는 곳을 닦아주고 바디오일을 바른 다음 반바지와 반팔 티를 입혀주었다. 마무리로 머리까지 곱게 빗어 주었다. 명하는 정미의 손길에서 잊혀졌던 엄마의 손길을 잠깐 느꼈다.

"식탁이 내일 오잖아. 슈퍼 간 김에 혹시나 해서 물어 보니까 밥상이 있었어. 식탁이 있어도 작은상 하나는 필요할 것 같아 사왔어. …나 잘했지, 응?"

"그래, 잘했어. 그럼 이 반찬들은?"

"다 내가 만든 거야. 아, 김치는 슈퍼에서 사왔어. 포장 김치. 어서 먹어봐."

둘이 상을 마주하고 앉았다. 명하가 음식을 맛보고 엄지 손가락을 세웠다.

"맛있네! 정말 맛있어."

얼마 만에 여자의 손맛이 들어간 반찬을 먹어 보는 건지, 더구나 명하의 입맛에 맞는 뛰어난 솜씨였다.

"명하 씨 입맛에 맞아?"

"나 인공조미료 싫어해. 이 음식은 종갓집 며느리 솜씬데."

명하의 칭찬에 정미가 의미 있는 미소를 지었다. 정미가 만든 음식은 마실장과 직원들도 인정하는 솜씨였다. 두 사람은 저녁을 먹자마자 상도 치우지 않고 침대로 가 다시 하나가 되었다. 어제와는 다른 조금 여유를 갖고 하는 사랑이었지만 명하와 정미의 사랑은 내일이 없는 것처럼 뜨거웠다. 자정이 넘어 배고픔을 느낀 두 사람은 알몸으로 남아 있던 밥과 반찬을 깨끗이 비웠다. 보온밥솥과 냉장고가 없어 음식이 상한다는 정미의 주장에 명하는 그냥 따랐다. 야식 아닌 야식을 먹은 둘은 또 밤이 새는 줄도 모르고 사랑을 했다.

(16)

새벽녘이 되어 휴전을 청한 것은 정미였다. 그리고 두 사람은 그대로 골아 떨어져 오전 10시가 넘어 가구 배달 벨소리에 잠이 깼다.

"명하 씨는 더 자. 내가 혼자 물건 받을게."

정미가 먼저 옷을 입으며 말했다. 그녀는 긴 바지를 챙겨 입었다. 정미가 바지를 입는 걸 본 명하는 뒤따라 일어나 옷을 입었다. 배달하는 낯선 사내들에게 조금의 빈틈이라도 보일까봐 바지를 입는 정미의 마음을 읽었기 때문이었다. 소파로 시작된 배달은 오후 3시까지 두 사람에게 시간을 주지 않았다. 소파, 가스렌지 배달, 설치… 냉장고, 드럼세탁기, 청소기 등 생활가전에서 소형가전까지, 40인치 벽걸이 텔레비전 설치가 끝나고 나서 전자제품 마무리가 됐다. 이어 작은 책장과 책상 의자가 도착해 작은 방에 놓여졌다. 1인용 소파까지 놓여진 방은 여유 공간이 별로 없었다. 명하는 정미가 사 준 노트북을 책상 한쪽에 놓고 글 쓰는 노트는 중앙에 놓았다.

"한번 앉아봐. 이제 배달 다 끝났어. 내가 커피 한 잔 내려 줄게."

명하가 책상 의자에 앉아 노트 정리를 하는 동안 정미는 방금 로스팅한 커피 한 잔을 들고 작은 방으로 들어왔다.

"향기 좋은데…."

책상에 놓인 커피향을 음미하며 명하가 말했다.

"마시고 글 쓰고 있어. 배 많이 고프지? 금방 해 줄게."

정미가 작은방을 나가고 명하가 글 쓰기를 얼마나 했을까… 그녀의 목소리가 거실에서 들렸다. 명하가 거실로 나가자 정미가 주방 한쪽을 차지한 새 식탁을 가리켰다. 식탁에는 밥과 반찬이 정갈하게 놓여 있었다. 명하가 식탁 의자에 앉는 걸 보고 정미가 가스렌지를 끄고 찌개를 들어 식탁에 놓았다.

"잘 먹을게…."

"응, 많이 먹어."

밥을 다 먹을 때까지 두 사람의 대화는 그것이 전부였다. 헤어질 시간이 눈앞에 보였다. 밥알을 세어 먹던 정미가 수저를 놓으며 울먹거렸다.

"울지 마…. 내일 모레 보잖아. 나 옷 갈아입고 간다."

명하도 더 밥을 먹을 수 없었다. 수저를 놓고 의자에서 일어나 안방으로 가는 명하를 정미가 뒤에서 안았다.

"정미야."

명하가 감싸 안은 정미의 두 손을 잡고 풀려고 했다.

"한 번만… 한 번만 안아 주면 명하 씨 웃으며 보내 줄 것 같아."

명하는 몸을 돌려 두 팔로 정미를 안아 들었고, 둘은 그렇게 일요일 오후 폭풍 같은 사랑을 또 했다. 정미는 교성 사이사이에 몇 번이나 '사랑해 명하 씨!' 라고 외쳤다.

"명하 씬 사랑이 뭐라고 생각해?"

정미가 먼저 옷을 입으며 물었다.

"소설가의 눈으로 보는 사랑, 아니면 우리들 사랑?"

"둘 다."

옷을 다 입은 정미가 명하를 일으켜 새 속옷을 입혀 주고 금요일에 입고 왔던 셔츠와 바지도 입혀 주었다.

"인어 공주의 발."

"인어 공주의 발…? 그게 사랑의 정의야?"

"나중에 깨닫게 될 거야."

명하가 문고리를 잡으며 대답했다.

"나중에…?"

다음에 … 나중에 … 보이지 않는 먼 훗날처럼 느껴졌다. 정미는 몰랐다. 그가 말했던 그 깨달음의 아픔이 그렇게 클 줄은….

"문단속 잘하고 아무나 문 열어 주지 말고."

"알았어."

어린 딸 두고 길 떠나는 아비 같은 말을 남기고 명하는 갔다. 현관문이 닫히고 오토록이 잠긴 지 한참이나 지났지만 정미는 아주 오랜 동안 명하가 다시 돌아올 것 같아 그 자리에 서 있었다. 뒤에서는 무시무시한 괴물이 쫓아오고 있는데 아무리 달려도 그 자리였다. 그것은 악몽이었다. 정미가 아무리 애써도 명하가 오기로 한 화요일은 올 것 같지 않았다. 명하가 떠난 일요일 오후 4시부터 모든 시간을 삼키는 괴물이 나타났다. 모든 시간을 삼켜 세상이 정지한 듯하더니 또 어느 순간 다 토해 버려 화요일 저녁이 되어 있었다.

"딸 야자 끝나는 시간에 맞춰 가야 해."

"싫어."

명하가 정미 곁에 머무는 시간은 두세 시간 정도였다. 정미에게 그 시간은 화살이 날아와 눈앞을 스치고 가는 찰나의 순간이었다. 둘은 그 주어진 시간을 효과 있게 잘 썼다. 이틀 만에 만남을 2년을 기다린 것처럼 만나자마자 뜨거운 사랑을 하고, 같이 저녁을 먹고, 또 사랑하고, …밤비라도 내리는 날은 정미가 가지 말라고 바지라도 잡으면 마음 약한 명하는 딸에게 전화를 걸어 '지방 출장 왔다, 상갓집 문상 왔다' 그럴 듯한 거짓말을 하고 정미와 밤을 보내기 일쑤였다. 약속한 화, 목, 토요일로는 부족했는지 정미는 요일에 상관없이 '몸이 아파, 좋아하는 북어찜 했으니 저녁 먹고 가' 문자를 날려 명하의 마음을 동요시켰다. 집에 올 시간이면 곱게 화장을 하고 슬립 차림으로 기다리고 그가 초인종을 누르면 그녀의 몸은 이미 눈처럼 녹고 있었다. 그가 오목골을 떠나면 잠들기 전까지 전화를 하면서 아주 멀리 느껴지고, 그와 한 침대에서 사랑을 할 때면 늘 곁에 있는 것처럼 느껴지지만 어느 순간은 아주 빠르게, 어느 순간은 너무 느리게, 어느 한 순간순간이 꿈길처럼 어김없이 흐르고 있었다. 명하와 첫 관계를 맺고 나서 35일이 지나고 있었다. 그를 기다리고, 그를 위해 밥을 하고, 그를 위해 예쁜 옷을 입고 화장하고, 그가 자신의 생활 속에 들어온 탓일까 정미는 오목골에 온 뒤부터 어린 시절 악몽을 꾸지 않았다.

"우후우…."

마실장이 오목골로 정미를 직접 찾아온 것은 37일째 오전이었다. 거실로 들어선 마실장은 정체 모를 신음소리를 냈다.

"회사에 무슨 일 있니?"

드러난 어깨를 소파 위에 있던 명하의 가디건을 집어 급히 가리며 정미가 물었다.

"회사는 얼어 죽을 …. 이제 만족합니까?"

마실장은 감정을 주체할 수 없어 두서없는 말을 했다. 정미가 명하와 있는 동안 서울에는 한 번도 가지 않았고 마실장에게 전화 한 통 걸지 않았다.

"그래, 나 만족해, 행복해."

두 사람 사이에 어색한 침묵이 흘렀다. 정미가 커피 두 잔을 내려 식탁에 놓고 앉았다. 마실장이 심호흡을 하고 맞은편에 앉고 커피 한 모금을 마셨다.

"대표님 얼굴에 '난 행복해!'라고 써 있군요. 피부도, 표정도 그런 얼굴 처음 봅니다."

마실장이 안정을 찾은 듯 차분하게 말했다.

"찾아온 용건이나 말해."

정미는 마실장이 회사 일로 온 것이 아니라는 사실을 알고 있었다. 본인, 개인 일이라고 마실장의 얼굴이 말하고 있었다.

"그분이 만나고 싶어 하세요."

"그분, 그분이 누구?"

마실장의 말에 정미의 얼굴이 어두워졌다.

"한 창 석씨요."

"마실장, 너!"

정미가 식탁 의자에서 용수철처럼 일어나며 언성을 높였다.

"죄송합니다. 대표님, 끝까지 비밀 지키려고 했는데 병원 관계자가 그분 얼마 못 사신다구 3년 동안 자기 병원비 부담한 사람이 누군지 꼭 알고 싶다고 하셨답니다."

"그래서, 그래서 설마 나라고 말해 주지는 않았지?"

정미가 일어선 채 안절부절하며 말했다.

"그분이 누구인지 모르지만 대표님이 싫어하는데 제가 미쳤습니까? 말하게….."

"알았어. 다른 할 말 없으면 그만 가봐라."

"예, 그럼."

마실장은 식어 버린 커피를 한 번에 다 마시고 일어났다. 현관에서 남성용 단화를 신고 허리를 편 마실장이 가려다 말고 돌아섰다.

"왜? 뭐 할 말 남았냐?"

정미가 움찔하며 물었다.

"먼 훗날, 아주 먼 훗날 후회하지 마시고 만나 보세요."

"너!"

마실장은 자기가 할 말은 다 하고 정미가 반문하기 전에 가 버렸다. 내일 명하 씨가 오는데, 토요일이라 1박 하기로 했는데, 정미는 비틀거리듯 소파에 주저앉으며 두 손으로 머리를 감쌌다. 그녀는 하루 종일 아무것도 할 수가 없었다. 수만 마리 벌들의 날갯짓 소리처럼 마실장의 말이 귓전에서 웅웅거렸다. 자정이면 꼭 하는 전화 대화에서도 다정한 명하의 목소리가 하나도 들리지 않았다. 새벽까지 잠 못 들고 괴로워하던 정미는 마음을 정하고 나서야 잠들 수 있었다.

(17)

일찍 길 떠나면 그 사람 오기 전까지 돌아올 수 있을 거란 생각이 들었다. 오전 7시 이른 아침, 내비게이션을 작동하고 핸들을 잡을 때까지도 그 생각은 변하지 않았다.

'영욕의 세월 미련 없이 털어 버리고 먼 길 떠나시지 무슨 미련이 남아 절 보자고 하십니까! 그동안 당신을 돌봐 준 사람이 설마 당신 아들이라고 생각하신 건…, 우리는 만나지 말아야 할 인연입니다. 전 당신에게 티끌만한 연민도

없습니다. 부디….'

충북 음성 요양병원에 도착했다. 대전의 모 대학병원에서 2년의 치료를 하였지만 병은 차도가 없었다. 대학병원에서 추천한 요양원에 입원시키고 한 번도 찾아가지 않은 채 모든 뒷처리는 마실장이 했다.

"제가 한창석씨 후원자입니다."

정미가 요양원 관계자를 만나 자신이 찾아온 이유를 말했다.

"아, 한창석씨요. 따님 맞으시죠? 502호실입니다. 얼마못…."

정미는 502호실이란 말과 동시에 승강기 홀 쪽으로 발길을 돌렸다. '다 죽어가는 70 먹은 노인 얼굴과 내가 어디가 닮았다고….'

정미는 당장이라도 요양원을 뛰쳐나가고 싶었지만 몸은 자석에 끌리듯 502호실로 들어섰다. 그녀의 눈에 가장 먼저 들어온 것은 산소호흡기와 여러가지 기계에 의존해 생명을 연장하고 있는 한창석이었다. 3년 전 행려병자로 만났을 때와는 완전히 다른 모습이었다. 현기증이 심하게 일었다.

"괜찮아요, 아가씨?"

정미가 중심을 잃었는지 그녀를 부축하는 여자가 있었다. 그때서야 정미의 시야에 간병인이 들어왔다.

"어어… 그, 그 ….'"

한창석이 무슨 말인가 하려 했다. 간병인이 재빨리 알아차리고 그에게 귀를 가까이 가져갔다. 오랜 간병인 생활로 얻은 노하우의 결실이랄까, 정미에게는 아무 소리도 들리지 않았지만 간병인은 얼굴이 밝아지며 정미에게로 왔다. 그녀는 등줄기로 땀이 흐르는 것을 느낄 수 있었다.

"'정미야, 이놈의 자식 너, 너였구나! 잘 왔다.' 이러시네요."

간병인이 통역해 주는 한창석의 말에 정미는 아무 말도 할 수가 없었다. 오목골 집을 떠날 때만 하더라도 만나면 한소리 해주고 싶었다.

'내가 당신 병원비 후원해 준 것은 당신에게 연민이 있어서가 아니라 내가 당신에게서 13년 전에 받은 5억원 때문이라구.'

한창석은 간병인을 통해 또 말을 전해 왔다.

"가까이 오라고 하시네요. 아버님 손 한 번 잡아 드리세요."

'아버지요? 무슨 얼어죽을….'

정미의 머리와 몸은 다가가지도, 손도 잡지 않겠다구 버티고 있었다. 하지만 그때 그녀의 내면 그 무엇이 거부할 수 없는 힘으로 정미를 침대 가까이 몰아붙이고 있었다. 여러 여자들에게 꿈과 절망을 주었던 그 손은 이제 뼈만 앙상하게 남아 흡사 목각인형의 손을 잡는 듯 했다. 부정하고픈 부녀지간이지만 이 상황에서는 가슴 한 줄기 스치는 뭔가 있을 줄 알았는데 아무 느낌도 없었다.

'당신과 나는 그저 외롭게 혼자 왔다가 쓸쓸히 홀로 떠나는 인생의 짧은 여행에서 생물학적 아비와 자식, 그 이상도 그 이하도 아니었군요.'

"윤숙경이 올 거라구 말씀해 주세요."

정미는 한창석의 손을 놓으며 간병인에게 말했다. 간병인의 말을 전해들은 한창석은 힘없는 손을 내저으며 뭐라구 했다. 아마도 안 된다구 하겠지. 죽어가는 비참한 꼴을 보이고 싶진 않겠지. 하지만 정미의 마음은 한창석 때문에 인생을 망친 여섯 여자를 이 자리에 초대하고 싶었다.

충북 음성에서 수원까지 오는 길은 정미에게 오늘 따라 멀고 힘든 길이었다. 가속기를 깊게 밟아도 차가 앞으로 나가는 느낌도 없고 핸들도 제멋대로 돌아가는 것 같았다. 손과 발이 마비가 오는 것 같아 간이휴게소에 몇 곳이나 들렀는지 모른다. 수원시 조원동, …음성만큼이나 정미가 오기 싫은 곳이었다.

"여기다 차 세우면 우리 이모한테 혼나요. 다른 곳에 주차하세요."

승용차에서 내리는 정미를 보고 외출에서 돌아오는 여대생으로 보이는 아가씨가 말했다.

"이 집에 하숙해요?"

"예, 그런데 누구세요?"

여학생이 정미를 유심히 보며 물었다.

"윤여사 좀 보잔다구 전해줘요. …정미가 왔다구."

정미란 말에 여학생의 눈이 커지며 대문 안으로 사라졌다. 정미가 피식 웃었다. 여기도 한 3년 만에 온 것 같았다. 윤숙경이 후다닥 대문을 나왔다. 60대 초반의 여자와 정미가 말없이 한참을 서로 바라만 보았다. 반쯤 열린 대문에 여학생들이 조개껍데기마냥 붙어 눈만 내밀고 두 여자를 지켜보았다.

"적선하듯 집 사주고 다신 안 볼 것처럼 하더니 웬일이냐?"

함참만에 윤숙경이 먼저 입을 열었다.

"꼭 그렇게 말해야 속이 시원해?"

"그럼 죽은 서방 돌아온 것처럼 반겨주랴?"

"죽은 서방이라? 흠, 딸보다 귀히 여겼던 그 서방님 먼 길 떠나기 전에 한번 봐야지."

"정… 정미야."

윤숙경이 움찔하며 정미의 팔을 잡는가 싶더니 이내 몸이 축 늘어졌다.

정미가 오목골 집에 돌아온 것은 밤 10시가 조금 넘어서였다. 주차를 하고 불이 켜진 창문을 확인한 정미는 단숨에 2층으로 뛰어 올라갔다. 집안에 들어선 정미는 명하를 보고 모든 긴장이 풀리는 것을 느낄 수 있었다. 좀처럼 텔레비전 시청을 하지 않는 그가 자연 다큐를 보고 있었다. 다큐 프로그램 좋아하는 것도 건호를 닮았다.

"정미야!"

명하가 소파에서 일어나 다가오면서 이름을 불러 주었다.

"아앙!"

정미가 쓰러질 듯 명하에게 안기며 울음을 터뜨렸다. 서럽게 복받쳐 우는 정미를 명하는 말없이 그대로 안고 있었다. 명하가 할 수 있는 일은 그녀가 스스로 울음을 그칠 때까지 기다려 주는 것뿐이었다. 오목골이 떠나갈 듯 우는 정미의 울음에는 많은 것이 숨어 있었다. 단 하루의 외출이 3년의 고행처럼 느껴지는 피곤함 속에, 자신을 기다려준 고마움에 대한 눈물, 때로는 내 피가 섞인 자식보다 남남인 남자가 여자에게는 더 귀중하다는 것, 고로 엄마 윤숙경에 대해 조금은 이해할 수 있게 되었다는 미안함의 눈물….

(18)

"대표님 오늘 아침 7시에 한창석씨 별세하셨습니다."

마실장이 한창석의 부고를 전화로 보고한 것은 정미가 음성에 다녀온 지 8일째 아침 9시경이었다. 그녀는 그 소식을 듣고 조금의 망설임도 없이 토트백에 소지품과 자신의 속옷 몇 벌 그리고 명하의 속옷을 챙겨 들고 집을 나섰다. 명하의 의사 여부는 정미의 머릿속에 없었다. 세상에는 당신 같은 무책임한 남자만 있는 게 아니라고 영전에 착한 남자 명하의 모습을 보여줄 마음이 앞서 있었다. 아니 그보다도 정미의 예상이 맞다면 한창석의 장례식에 상주가 우 명하 혼자일 것 같았다. 봐라 난 이런 자식이다. 당신의 마지막을 지켜준. 하지만 당신은 내게 어떤 아비였습니까? 명하가 일하는 원일실업 대표는 정미의 부탁에 명하에게 5일간의 휴가를 주었다. 물론 정미가 줄 일감을 바라고 준 비즈니스 휴가였다.

"타, 갈 데가 있어. 한 5일 정도 걸릴 거야."

정미의 말에 명하는 아무 말 없이 옆 자리에 올랐다. 차를 출발시키며 정미는 명하를 돌아보았다.

'이 남자, 갑자기 상주가 되어 달라고 하면 화내지 않을까? 난 오랜 시간 같이 있어 좋은데.'

정미는 그때서야 명하의 행색이 눈에 들어왔다. 외출복이나 작업복이 별 차이가 없는 남자, 이대로는 어쩌면 윤여사의 비웃음을 살지도 모른다는 생각이 들었다.

"어디 가냐고 물어 볼 수 있을까?"

명하가 심각하게 물어 왔다.

"장례식장, 수원이야."

정미는 명하의 다음 질문의 대답을 준비하고 있었다. 누구 장례식? 생물학적 아버지. 그러나 명하의 다음 질문은 없었다. 정미는 백화점에 들러 정장으로 명하를 신사로 변장시켰다. 그리고 고가의 커플반지도 사서 부부처럼…. 수원으로 향하는 외곽 고속도로에 접어들었을 때 10시쯤 되었다. 정미는 혹시나 하는 마음에 카 라디오를 켰다.

'오늘 아침 7시에 동방그룹 전 회장 한창석씨가 지병으로 세상을 떠났습니다. 향년 70세로 수원 동방의료원에….'

정미는 라디오를 끄며 명하를 돌아보았다. 늘 사색에 잠긴 얼굴로 정면을 바라보는 사람, 그에게 충격을 주고 싶지 않은 정미는 조용히 입을 열었다.

"명하 씨, 방금 뉴스에 나왔던 동방그룹 전 회장 한창석 씨가, 한창석 씨가…."

"아버지라구?"

정미가 망설이자 명하가 입을 열었다.

"어떻게 알았어? 내 뒷조사 한 거야? 내 뒷조사 했지?"

정미가 흥분했다. 하지만 다음 순간 그녀는 크게 후회했다.

"그냥 소설가의 촉이라구 해두자. 그 보다도 내가 완벽한 당신 남편 역으로 알아야 할 것 없어?"

"없어."

정미는 보았다. 그 순수했던 얼굴이 자신의 말 한마디에 반 야수로 변하는 것을. 뒷조사라니, 그건 우명하와 먼 얘기라는 것을 알면서도 왜 그 순간 그에게 그런 말을 했을까. 정미의 흑빛 얼굴을 지켜본 명하가 수원에 거의 도착할

무렵 입을 열었다.

"내게 뒷조사가 어떠니 그런 말 했다구 마음 두지 마. 그 거 정미 본심 아닌 거 알아. 아버지 부고에 마음이 예민해 진 탓일 거야."

"고마워…."

정미가 웃었다. 그녀의 얼굴색이 돌아왔다. 정미의 예상 대로 장례식장은 텅 비어 있었다. 비교적 젊은 시절의 영정 사진 주위에는 그 흔한 꽃장식 하나 없었다. 검은 상복 차 림으로 넋 나간 모습으로 앉아 있던 윤숙경은 정미와 명하 를 보자 힘겹게 일어났다.

"누구시냐?"

퉁퉁 부은 눈으로 명하를 보고 숙경이 정미에게 물었다.

"내 남편, 명하 씨 우리 엄마셔."

"처음 뵈겠습니다. 우명하입니다.

명하가 가볍게 목례를 하며 윤숙경에게 인사말을 했다. 숙경의 얼굴이 밝아지며 명하의 팔을 잡고 좋아했다.

"반갑네. 잘 왔어."

숙경은 명하를 정말 사위처럼 반겼다.

"뭐하러 이리 온 거야. 이 병원도 다른 데로 넘어간 지가 언젠데."

"상주와 문상객들이 다 여기 있잖아. 이제 올 거다."

"그 위인들 오면 내손에 장 짓는다. 장 지저…."

정미와 명하가 상복으로 갈아입고 첫 제사를 올렸다. 화원에 연락하여 영정에 꽃장식을 하고 명하가 맏상제 완장을 찼다. 사또의 개가 죽으면 사람이 들끓어도 정작 사또가 죽으면 개미 한 마리 보이지 않는다고 했던가? 정미가 예상했던 일이지만 너무 조용했다. 그녀는 부조함에 연결된 책상 의자에 비스듬히 앉아 명하를 보고 있었다. 손을 포개 앞으로 모으고 언제라도 조문객을 맞을 준비가 된 남자.

'저 남자는 이 상황이 궁금하지도 않나? 내게 그만큼 관심이 없는 걸까.'

"점심이나 먹자. 자네도 오게."

숙경이 조문석 가까이 상을 차리고 정미와 명하를 불렀다.

"전 나중에 먹겠습니다. 먼저 드세요. 가서 어머니랑 점심 먹어."

"엄마랑 명하 씨 흉 볼 거야. 귀 간지러워도 참아."

"좋으실 대로…."

정미가 웃으며 명하에게 귓속말을 하고 숙경에게로 갔다.

"이렇게 겸상하는 게 십 몇 년 만이지?"

숙경이 수저를 들며 먼저 입을 열었다. 정미가 수저를 들다 멈추었다.

"나 얘기하고 싶지 않아. 할 얘기도 없구."

"그럼 뭐하러 온 거냐?"

정미가 들던 수저를 상에 소리가 나도록 내려놓았다. 숙경이 깜짝 놀라며 명하의 눈치를 보다 둘이 눈이 마주쳤다.

"두 분이 싸울 일 있으면 한바탕 하세요. 제 눈치 안 보셔도 됩니다."

명하의 말에 숙경이 피식 웃었다.

"저 물건 맘에 든다."

숙경이 무슨 말을 하든 정미는 수저를 다시 들어 꾸역꾸역 밥만 먹었다.

"우서방 잘 데려왔다. 잘 생겼다. 배우 같다. 착하게 생겼네. 바람 안 피겠어?"

숙경은 정미가 듣든 말든 하고 싶은 말을 다 했다. 정미가 수저를 놓고 밖으로 나가자 숙경이 다시 상을 보고 명하를 데려와 앉게 했다.

"장모님, 제 잔 받으세요."

명하가 소주병을 들며 말했다.

"이렇게 와주어 고맙네. …카아, 자, 자네도 한 잔 받게."

숙경이 소주 한 잔을 받아 마시고 병을 들며 말했다.

"예, 그럼."

명하가 잔을 받아 몸을 옆으로 빗겨 술을 마셨다. 그리고 말없이 밥을 먹었다. 그 모습을 물끄러미 바라보던 숙경과 밖에서 들어오던 정미의 눈길이 마주쳤다. 정미가 그 자리에 멈추었다. 둘이 눈싸움을 하다가 정미가 먼저 눈을 깔고 조문석 자리로 들어가 앉았다.

"쟤가 내하고 저 양반 얘기한 적 있나?"

숙경이 정미가 들을세라 작은 소리로 영정을 가리키며 물었다.

"두 분 얘기한 적 없습니다."

숙경이 씁쓸히 웃으며 고개를 끄덕였다. 그때 마실장과 사무실 직원들이 문상을 왔다. 명하가 서둘러 식사를 끝내고 일어나 상주 자리로 돌아와 조문을 받았다.

"정말 상주 같은데요."

마실장이 위로의 말 대신 뼈 있는 말 한마디를 했다. 그 소리를 들은 정미가 가볍게 마실장의 엉덩이를 찼다.

"잡소리 치우고 밥이나 먹어라."

"어, 구타 이거 50만원인 거 아시죠?"

정미는 사무실 식구들 식사대접을 하면서 소주 두 잔을 했다. 그때쯤 60대쯤 돼 보이는 여자 다섯이 조문을 왔다. 숙경의 친구들인지 그녀가 반갑게 맞았다.

"감사합니다."

"우리 사위야. 정미 신랑…."

명하의 인사에 궁금해 하는 친구들에게 숙경이 말했다.

"잘 생겼다."

"탤런트해도 되겠네."

"정미는 좋겠네."

사위 보고 한마디씩 하는 친구들을 위해 숙경은 딸 정미와 좀 떨어진 곳에 상을 차렸다. 정미와 세대가 다른 숙경의 친구들 술자리는 오후 늦게까지 계속되었다. 의문의 남자가 등장하기 전까지. 30대 중반의 그 남자는 적당한 크기의 백을 크로스 스타일로 메고 들어와 렌즈 교환식 카메라로 식장 분위기를 여러 번 찍었다. 그리고 그의 행동에 대해 사람들이 묻기 전에 가방과 카메라를 한쪽에 내려놓고 조문을 했다.

"고인하고는 어떤 관계신지요?"

명하가 먼저 입을 열었다.

"전 한민족 신문사 사회부 기자 정광훈이라고 합니다. 대학 진학 때 한창석 회장님의 도움을 받은 적이 있어 이렇게 찾아뵈었습니다."

기자라는 그 남자는 직업인답게 자신을 소개했다.

"아, 그런 일이 있었군요. 감사합니다."

명하와 정기자가 손을 잡았다.

정미가 사무실 식구들을 보내고 명하에게로 왔다.

"코오델리아 공주시군요."

정기자가 정미를 보고 말했다.

"리어왕의 코오델리아?"

명하가 정기자의 말을 금방 알아차리고 입을 열었다.

"예 맞습니다. 첫째 부인의 두 딸 말에 자리를 내준 한회장의 생은 리어왕 그 자체였습니다."

"병든 아버지를 보살펴 주고 이렇게 가는 길까지 마련해 주니 회장님의 셋째 딸 우리 정미가 코오델리아 공주 맞지. 암, 그렇지."

어느새 왔는지 숙경이 약간 취한 목소리로 말했다. 그녀의 나이 든 친구들도 갔는지 보이지 않았다. 정미가 상을 보았다. 정기자는 식사를 하면서 정미와 숙경 그리고 망부석처럼 버티고 서 있는 명하까지 불러 앞에 앉게 했다.

"대학 등록금이 없을 때 회장님과 거래를 했습니다. 등록금을 내 주시면 회장님을 위하여 그 언제고 은혜를 갚겠다구 했습니다. 지금이 그때라고 생각합니다."

"이미 눈감은 양반에게 무슨 도움을 주겠어요?"

정기자의 연설에 숙경이 흰소리를 했다.

"아버지가 돌아가셨는데 다섯 자제분들이 그림자도 비치질 않습니다. 그 사람들 똥개 훈련 좀 시키겠습니다."

"어떻게요?"

정기자의 말에 정미가 물었다.

"뭐, 고인께서 숨겨놓은 몇 백억대 재산이 있다고 신문에 공표라도 하실 생각이겠지."

"빙고!"

명하의 말에 정기자가 손가락을 튕겼다.

"허위사실 유포 죄로 당신이 다칠 수 있을 텐데요."

"그건 걱정 안 하셔도 됩니다. 그런데 상주님께서는 뭐

하시는 분인데 촉도 보통이 넘으시고 해박하십니다."

명하의 말에 정기자가 상기되어 물었다. 숙경도 명하의 얼굴을 보았다. 그녀도 사위가 뭐하는 사람인지 궁금했다.

"제 남편은 소설가입니다."

정미의 말에 정기자가 고개를 끄덕였다.

"내일은 여기가 좀 시끌벅적할 겁니다. 그럼 전 이만…."

정기자가 가고 나서 그날 문상객은 다시 없었다. 손님이 다 가고 적막이 찾아오자 숙경은 혼자서 소주를 홀짝홀짝 마시더니 단상 앞에서 알아들을 수 없는 말을 되뇌며 한바탕 대성통곡했다.

"장모님, 그만 하세요. 저기 가서 좀 쉬세요."

명하가 주저앉아 통곡하는 숙경의 팔 하나를 잡으며 말했다.

"으이구 못살아…."

정미가 할 수 없이 숙경의 다른 팔 하나를 잡았다. 상주 전용 휴게실에 누운 숙경은 이내 잠이 들고 실내는 다시 적막에 싸였다. 명하가 몽당연필처럼 짧아진 양초 두 개를 갈았다. 장례사의 안내에 따라 저녁 제사를 지낸 정미와 명하도 피곤이 몰려왔다. 둘은 벽에 등을 기대고 바닥에 주저앉았다.

"알고 싶지 않아? 이 황당한 시츄에이션."

"알고 싶진 않은데 털어놓고 싶으면 말해. 말하면 막힌

속이 조금은 시원할 거야."

"그럴까?"

"그럼."

명하는 무릎베개를 만들어 정미를 눕게 했다. 누운 그녀가 입술을 내밀었다.

"검은 상복을 입어도 멋있네. 키스 안 되겠지?"

"당연하지. 여기 감시카메라 있을 걸."

"뭐, 어디?"

정미가 머리만 들고 두리번거렸다.

"어디 있겠지. 부조금 도난 사고가 많아서 카메라 설치했을 거야."

"카메라 있다니까 더 하고 싶네."

정미가 또 입술을 내밀었다.

"공주, 품위를 지키시오."

"공주라… 그래 저 양반 왕처럼 살았지. 부인, 아니 여자가 다섯이었지. 첫 번째 여자에게서 딸 둘, 두 번째 여자에게서 아들 둘, 그리고 세 번째가 저기서 자고 있는 윤여사…."

"엄마보고 윤여사가 뭐야."

명하의 말에 정미가 눈을 흘겼다.

"모르면 가만있어. 세 번째는 나, 네 번째는 아들 하나, 다섯 번째는 자식이 없는 걸로 알아."

"정말 왕처럼 살았는데 첫 번째 두 딸이 반란을 도모했군."

"어떻게 알았어."

정미가 또 의심의 눈길을 보였다.

"리어왕."

"그래 리어왕. …나 술 취했나봐. 물러나서 선왕 대접 받으며 살 줄 알았는데. 두 딸의 권력투쟁에 두 번째 아들 둘이 끼어들어 난장판이 되었어. 재계 서열 20위권에서 40, 70, 지금은 100위권 밖으로 밀려났을 걸. 이름뿐인 왕을 반기는 곳은 그 어디에도 없었어. … 3년 전 옥천에 땅 보러 갔다가 폐가에서 술병을 안고 잠든 거지를 보게 되었는데 저 양반이었어. 나두 못 알아보았어. 병세가 있는 것 같아 대전 병원에 입원시키고 익명으로 후원해 주었어. 대학병원에서 2년, 요양병원에서 1년, … 얼마 전에 한 열흘 전쯤일 거야. 자신을 후원해 준 사람을 꼭 만나고 싶다고 연락이 왔어. … 가서 만났지. 어떻게 날 알아보더라구. 손을 잡았는데 아무 느낌도 없었어. 오는 길에 엄마를 보냈지. … 엄마와 저 양반, 그 어느 때보다 많은 시간을 같이 했을 거야."

정미가 얘기를 멈추고 숙연해졌다. 한동안 침묵이 흐르고 명하가 입을 열었다.

"정작 하고 싶은 말이 있잖아."

"있지. … 나와 윤여사 저 양반의 얘기. 난 일곱 살 넘어서까지 나에게는 아빠가 없는 줄 알았어. 우리가 살던 집 담장 울타리에 개나리가 한창 피어 있을 때니까 이른 봄이었겠지. 엄마 방과 내 방은 벽이 없이 미닫이문이 전부였어. 한 밤중에 난 엄마 소리에 잠이 깨어 신음소리인지 비명소리인지 엄마가 곧 죽을 것 같아 난 울며 미닫이 벽을 열었어. 창문 틈으로 들어오는 희미한 빛 아래 어떤 남자가 엄마를…. 내가 어떻게 알겠어. 그것이 한두 달에 한 번 정도 오는 낭군님과의 사랑이라는 것을. 남자는 화가 나 가 버리고 난 엄마에게 죽도록 맞았지. 그리고 엄마는 날 의정부에 사는 이모에게 보내 버렸어. 이모네서 난 매일 밤 그 광경을 악몽으로 꾸었지. 악몽은 계속되었어. 바로 얼마 전까지. 명하 씨의 《하얀 무지개》를 읽고 생각했어. … 내가 남자를 알고 아이를 가지면, 엄마를 조금 이해하게 되면, 그 꿈에서 벗어나지 않을까."

"그래서 악몽에서 탈출했어?"

명하는 그 상황에서 질문을 해야 할 것 같았다.

"으응, 악몽에서 벗어났어. 명하 씨 나 선택 잘한 거야?"

"잘했어."

명하가 정미의 머릿결을 매만지며 말했다. 정미도 손을 뻗어 명하의 얼굴을 만졌다.

"내가 없으면 낭군님이 자주 올 것이라고 기대했던 엄마였지만 그 뒤로 저 양반은 엄마를 다시 찾지 않았어. 이모네서 마지막 자던 날 이모가 말해줘 알았지. 그 남자가 내 아버지였다구. … 일 년 반 동안 엄마에게 버림받았던 나와, 나 때문에 남자를 잃었다고 생각하는 엄마 사이는 명하 씨가 보고 느낀 대로 지금껏 안 좋아.”

“여섯 살 때 얼굴을 수십 년이 지난 지금 알아 볼 리는 없구, 성인이 되어 아버지를 만난 적이 있어?”

명하의 질문에 정미는 한참을 생각하다가 입을 열었다.

“점차 나이를 먹어감에 따라 난 목표를 세웠어. 싫은 엄마에게서 벗어나는 것, 돈 많이 버는 것, 돈이 필요했어. … 대학도 못 가게 된 나는 무작정 저 양반을 찾아갔지. 내가 누구인지 말하고 5억원을 현금으로 달라고 했어. 기가 막혔는지 웃더군. 하지만 며칠을 못 버티고는 백기를 들더군. 누구 피를 이어받았는지 현금 5억 가지고 벌이는 사업마다 잘되어 오늘에 이르렀어. … 나 착한 코오델리아 공주 아냐. 이거 다 그때 빚 갚는 거야.”

정미가 자책했다.

“아냐, 착한 공주 맞아. 더 많이 물려받은 사람들도 이만큼 못 했잖아. … 이건 그 돈하고 아무 관계없어. 정미 마음속에는 엄마 아버지에 대한 증오심에 필적하는 사랑의 갈망이 있거든. … 애정과 증오는 같은 공간에 존재해. 사랑하는 마음이 없으면 미움도 없는 거야.”

“거짓말.”

"거짓말 아냐."

명하가 사랑학 강의를 시작하려는데 정미가 스르르 잠들어 버렸다. 명하는 향을 피우기 위해 몇 번을 일어났다. 그때마다 정미 머리를 무릎에서 조심스럽게 내려놓고 일어서야 했다. 새벽 3시가 되었다. 명하에게 많은 것을 생각하는 시간이 되었다. 산다는 것은, … 살아간다는 것은, … 삶이란 것은.

"밤새 그렇게 있었나?"

숙경의 목소리에 명하가 고개를 드니 숙경은 휴게실에서 나와 있었다. 새벽 4시가 가까워지고 있었다.

"목 마르시죠? 자리끼 놓아드려야 했는데."

"아냐, 아닐세. 나 다 잤네. 잘 잤어. 거지 같은 낭군님 상중에 단잠을 잤어."

숙경이 웃었다. 정미와 웃는 모습이 똑같다는 걸 명하가 느낀 순간이었다.

"어젯밤 정미에게 얘기 다 들었습니다. 많이 힘드셨죠?"

"그야말로 소설 같은 얘기지. 저 양반 자리에서 쫓겨나 힘들 때 동가숙 서가숙 다 다녔는데 정작 내게는 오지 않았지. 난 그동안 많이 원망했는데 이번에 같이 있을 때 말해주더군. 저 양반이 뭐라고 했는지 아나?"

숙경이 명하 옆에 앉았다.

"찾아가 몰래 지켜봤을 겁니다. 그리고 느꼈겠죠. 자신을 정말 사랑했던 여자가 누구라는 것을."

"내가 남편 복은 없어도 사위 복은 있는가 보네. 딸은 엄마길을 걷는다는데 이 지지배도 사내 복이 없으면 어떻게하나 많이 걱정했네. 여긴 내가 있을게 얘 데리고 들어가 눈 좀 붙이게."

명하가 잠든 정미를 안고 일어섰다. 숙경이 명하를 따라와 상주 전용 휴게실 문을 열었고, 명하가 들어가자 문을 닫아주고 단상 앞으로 돌아와 앉았다. 그녀가 미소를 지으며 고개를 끄덕였다. 세 평 정도 되는 휴게실에는 작은 옷장 하나와 바닥에 아무렇게나 흩어져 있는 담요 두 장, 베개 두 개가 전부였다. 명하가 정미를 한쪽에 가만히 뉘었을 때 그녀의 팔이 명하 머리를 당겨 키스를 했다. 키스는 한참 계속되었고 그 와중에 정미의 손 하나가 명하의 바지 속으로 들어갔다.

"그… 그만, 상중이야."

"어차피 속옷 갈아입어야 해. 회장님도 이거 좋아하셨으니 이해하실 거야."

정미가 명하의 바지와 속옷을 한 번에 벗겨 버렸다. 그리고 자신의 상복 치마를 걷어 올리며 엎드렸다.

"소리내지 마."

"레슨 2는 힘든데…."

명하의 몸도 정미의 몸도 이미 자제할 단계를 넘었다. 명하의 두 손이 정미의 연두색 햄팬티를 잡고 허벅지 아래까지 내렸다. 그녀가 자신의 손을 입에 물었다.

(19)

'한 회장의 은닉 재산 600억 어디로?'

'아무것도 모르는 자식 다섯은 무소식'

'초라한 빈소에는 셋째 딸과 사위뿐…'

한민족 신문과 다른 신문 몇 개에 동방그룹 전 회장 고한창석에 대한 기사가 조간에 실렸다. 신문기사를 읽은 명하는 검은 줄 두 개가 새겨진 상주 완장을 풀어 부조함 책상 위에 놓았다.

"우서방, 자네는 정미와 싸울 일은 없겠구만."

명하의 행동을 보고 숙경이 웃으며 말했다.

"왔다."

밖을 살피던 정미가 외쳤다.

"생각보다 늦었군요."

명하가 시간을 보며 말했다. 오전 10시 15분이었다.

"참인지 거짓인지 저울질하다가 늦었겠지."

숙경이 입술을 지그시 깨물며 말했다. 명하는 걱정되었다. 신문기사를 보고 방문하는 그 사람들과 한바탕 할 것 같았다. 하지만 그런 불상사는 일어나지 않았다.

"여기 신문기자 오지 않았습니까?"

양복차림의 두 남자가 식장으로 들어와 둘러보며 물어 왔다. 숙경이 그들의 신분을 되물었다.

"당신들은 누구요?"

"동방건설 법무팀에서 나왔습니다."

"흥, 유산이 정말 있나 없나 알아보러 오셨군. 애비가 죽었는데 코빼기도 보이지 않구. 인간 말종들 같으니라구."

숙경이 흥분하여 남자들에게 쏘아붙였다.

"말종이라뇨? 거 듣기 거북합니다."

깡마른 사내가 한 발 앞으로 나오며 맞받아쳤다. 숙경도 지지 않고 한 발 앞으로 나갔다. 정미도 명하도 숙경을 말리고 싶지 않았다.

"정미야!"

그때 험악한 분위기를 깨는 목소리가 입구 쪽에서 들렸다. 그 소리에 정미와 명하의 시선이 동시에 입구 쪽으로 향했지만 명하는 이내 시선을 바로 했다. 정미라는 이름을 부른 사람은 중희였다. 정미는 명하를 한 번 보더니 휴게실에서 백을 들고 나와 중희를 데리고 밖으로 나갔다.

"우리 오너들은 세상 이목 같은 거 신경 안 쓰는 분들이죠. 이런 뒤치다꺼리는 당신들 몫이고 유산이 있다면 그건 우리 오너들 차지가 될 테니 공연히 떡고물 같은 거 생각도 마십시오."

동방건설 법무팀 사람들은 할 말을 다 하고 가 버렸다

"우서방 봤지? 속이는 것도 사람이라야 속이지. 저것들은 그냥 버러지야. 아유, 정미 아부지….."

숙경은 서러워 단상 앞에 퍼지르며 울음을 터뜨렸다. 명하는 그런 숙경을 두고 밖으로 나왔다. 우는 사람을 말리면 더 서럽게 울 것이고, 울고 싶을 때는 목 놓아 울어야 쌓인 것이 좀 풀린다는 것을 명하는 알고 있었다. 정미와 중희는 보이지 않았다. 어디 카페라도 찾아간 모양이다. 이 판을 벌였던 정기자는 장례식이 다 끝나도록 보이지 않았다. 두어 시간 만에 혼자 돌아온 정미가 말해 주었다. 정기자가 벌였던 해프닝은 그냥 이름 그대로 해프닝으로 인터넷 기사 한 줄 더 나왔을 뿐이라고….

"중희씨는 어떻게 된 거야?"

"이 병원에 선배 만나러 왔다가 우연히 알게 됐나 봐. 근데 중희에게 웬 관심? 난 자기 생각해서 문상 생략하고 돌려보냈는데."

명하의 질문에 정미가 대답하며 눈꼬리를 올렸다.

"관심 없어. 다만 우연히 온 것 같지 않아서."

"그게 뭐 중요해. 아, 그런데 왜 이렇게 답답하지, 답답해 죽겠어."

정미가 괴로워하며 가슴을 쳤다. 숙경이 놀라 정미를 부축해 한 쪽 구석으로 데려갔다. 목소리가 명하에게 들리지 않을 거리였다.

"너 왜 그러니, 혹시 애기 들어선 거 아니니?"

숙경이 정미의 안색을 살피며 작은 소리로 물었다.

"임신?"

정미는 망치로 머리를 맞은 기분이었다. 머릿속이 팽팽 돌았다.

"아이 생기면 신경부터 예민해진다. 내일 끝나면 바로 병원에 가보자."

숙경의 말에 정미는 아무 말도 못하고 명하를 돌아보았다. 아무래도 엄마의 예감이 맞을 것 같았다. 더 이상의 문상객은 없었다. 숙경은 또 술을 과음하고 휴게실에서 잠을 잤다. 정미는 명하 옆에 붙어 밤을 지새웠다. 둘은 어깨를 붙이고 아침 발인까지 말이 없었다. 숙경도 발인에서 화장, 그리고 자주 가는 암자 길옆에 있는 추모공원에 한창석의 유골을 봉안할 때까지 침묵을 지켰다. 울지도 않았다.

"잘 지내. 우리 갈게."

수원 조원동 중턱에 위치한 숙경의 집 앞에 승용차를 멈춘 정미가 말했다.

"우서방, 장모가 해주는 밥 먹고 가지 않겠나?"

숙경의 물음에 명하는 정미를 돌아보았다. 정미는 잠시 생각하다가 차에서 내렸다. 명하와 숙경도 내렸고 세 사람은 집안으로 들어갔다. 집안에서는 여대생들이 시끄럽게 떠들다 세 사람을 보자 조용해졌다.

"어젯밤도 한숨 못 잤지? 좀 쉬게. 토종닭 구해오려면 시간 좀 걸릴 거네."

숙경이 안방에 이부자리를 손수 봐주며 명하에게 말했다.

"그래 좀 자."

숙경이 먼저 방을 나가고 정미도 한마디 했다. 명하가 멀뚱히 서 있자 정미가 입술을 내밀며 다가섰다. 명하가 정미의 입술을 피해 자리에 누웠다. 누운 명하의 입술을 한 번 훔친 정미가 아기 재우듯 명하를 다독여 주고 방을 나갔다.

"중앙시장으로 가자."

승용차가 출발하자 운전하는 정미를 돌아보며 숙경이 말했다.

"장보러 거기까지 가게?"

"아니, 토종닭이랑 필요한 건 여기 시장에 전화해 놓았다."

"그럼 왜?"

"거기 입구에 산부인과 하나 있는데 용하고 여의사가 본다고 하더라."

"…."

정미는 더 이상 엄마 말에 토를 달지 않았다.

'지금 당신 자신도 많이 힘들 텐데 가짜 사위 대접하랴, 딸의 마음 헤아려 여의사 있는 병원까지 찾아가랴. 오늘따라 당신이 다르게 보이는 까닭은 무슨 의미일까?'

병원에는 진료 대기자가 몇 명 있었다. 정미는 접수를 하고 의자에 앉아 기다렸다.

"네가 가정을 꾸려 기쁘다."

"가정은 누구나 꾸려요. 그것을 지키는 게 문제지."

"내 얘기하는 거냐?"

"…."

엄마와 대화는 항상 길게 가지 않았다. 또 다시 침묵이 계속되고 정미 차례가 되었다. 40대쯤 돼 보이는 여의사가 정미에게 몇 가지 문진을 하더니 바로 초음파 검사로 들어갔다. 정미는 올 것이 왔다는 것을 느낄 수 있었다. 어제 중희와 브런치 할 때도 오늘 비슷한 질문을 받았다. 중희는 산부인과 의사 기본 질문 외에 정미의 손을 잡고 청진기까지 들이댔다.

"좀 차가울 겁니다. 금방 끝날 거니까 불편해도 조금만 참으세요."

간호사가 노출된 정미 하복부에 젤을 바르며 말했다.

"예…."

정미는 긴장했다.

"긴장 푸세요. 축하합니다. 윤정미 산모님 임신 4주 되셨습니다."

의사가 모니터를 살피며 말했다. 초조하게 지켜보던 숙경의 얼굴에 웃음꽃이 피어났다.

"아이고 요게 내 강아지란 말이지. 빨리 만나보고 싶구나."

운전하는 정미 옆에서 숙경이 초음파 사진을 보며 좋아했다. 반면 정미 얼굴에는 수심이 가득했다.

'이제 임신 증상이 겉으로 하나 둘 나타날 텐데, 입덧을 하고 신 것을 찾고, 아니 그는 벌써 알고 있을지도 모른다. 성생활 백과에도 임신하면 더 성욕이 생긴다는데 내 몸도 느끼고 그도 느꼈을 것이다.'

"나 가졌을 때 입덧 심했어?"

정미가 힘겹게 물었다.

"별로 안 했다. 특별히 먹고 싶은 것도 없었고, 그때 내 처지에 그건 사치였을 거다."

숙경은 담담하게 대답했다.

"그때 선택을 후회한 적 없어?"

"애를 가져 그러니? 네 입에서 그런 말이 다 나오고. 우리가 인생을 선택하는 게 아냐. 운명이 우리를 선택하는 거야. 그러니까 우리에게는 후회의 선택권도 없는 거다."

정미는 엄마 말에 긍정했다. 숙경과 자신은 수십억 인구 중에서 모녀로 만났다. 그건 선택이 아닌 운명이었다. 그럼에도 그녀는 그 많은 세월을 엄마를 미워하며 살았다. 어쩌면 자신도 태어날 자식에게 그 원망을 평생 들을 수도 있을 것이다. 감정이 복받쳤다. 운전을 할 수 없어 길 옆 한적한 곳에 차를 세웠다.

"우서방에게는 애기 가진 거 말하지 마. 내가 기회 봐서 말할게."

실로 오랜만에 엄마라는 말이 턱밑까지 올라왔지만 정미는 숙경에게 부탁의 말만 하고 말았다.

"왜 우서방이 애 싫어하냐?"

"그런 거 아냐. 말하지 마."

"그래 알았다. 그 말 하려고 차 세웠니? 우서방 많이 기다리겠다."

정미는 차를 출발시켰다. 시장에 들러 집에 왔을 때는 해가 지고 있었다. 정미는 조심스럽게 안방 문을 열었다. 명하는 그때까지 단잠을 자고 있었다. 정미는 잠자는 명하 머리맡에 조용히 앉았다. 그리고 꽃잠을 자는 아기를 바라보는 엄마의 눈빛으로 바라보다 이불을 들추고 옆에 누웠다. 6월 초에도 싫지 않은 명하의 체온이 온몸 구석구석까지 느껴졌다. 하숙하는 여대생들의 저녁상을 차려준 숙경은 조용히 안방 문을 열어 보았다. 꼭 붙어 자고 있는 딸과 사위를 본 그녀는 미소를 머금고 다시 문을 닫았다.

"우서방 많이 먹게."

밤 9시가 넘어 일어난 명하와 정미는 숙경의 극진한 대접을 받았다. 명하는 숙경이 찢어주는 닭다리를 받으며 정미를 보았다. 자신을 보고 웃고 있는 두 여자에게 미안한 마음은 있었지만 음식은 맛있고 마냥 들어갔다. 너무나 뻔

뻔해져 있는 자신을 보게 된 시간이었다. 그러나 다른 한편으로는 그 시간이 위로의 시간이었다. 전처 장모에게 받아 보지 못한 보상이랄까?

"정말 맛있게 잘 먹었습니다."

"음식이 입에 맞는가?"

"예, 정미의 음식솜씨가 어머님께 물려받았다는 걸 오늘 알게 되었습니다."

"그런가? 너무 늦었으니 하룻밤 자고 가게."

"예."

정미는 편히 대접 받는 명하가 고마웠다. 이 사람은 진실한데 용기 없고, 남자 기피증이 있는 자신이 돈이라는 것으로 시작을 잘못한 것이 뼈아프게 느껴졌다. 숙경은 딸과 사위에게 안방을 내주고 옆 친구 집으로 자러 갔다.

"여기가 그 집이야? 여섯 살 때….."

명하가 조용히 물었다.

"응, 난 이 집이 싫어. 늘 이사 가자고 했는데 윤여사는 행여 낭군님이 찾아올까봐 끝내 떠나지 않았어."

"그런 사랑 하기 쉽지 않은데."

"그게 무슨 사랑이야."

"사랑의 반은 기다림이야."

"사랑의 반이 기다림이라구? 그럼 나머지 반은?"

"아픔 … 자신이 선택한 아픔 … 사랑을 한 대가라고나 할까?"

명하의 말에 정미는 등줄기에 얼음 칼을 맞은 것처럼 전율을 느꼈다.

'자신이 선택한 아픔, 끝없는 기다림.'

그건 앞으로 펼쳐질 윤정미의 삶 같았다. 그녀는 엄마처럼 살 수 없었다. 길은 하나밖에 보이지 않았다. 정미가 명하의 옷을 벗겼다.

'임신 초기에는 유산의 위험이 있으니까 섹스는 후배위로 가볍게 하는 거 아시죠?'

엄마를 먼저 내보내고 여의사가 웃으며 주의사항을 일러주었던 말이 생각났다.

"천천히 부드럽게 해줘…."

명하가 눈앞에 있는 탐스런 정미의 엉덩이를 두 손으로 잡았다.

(20)

수원에서 조금 늦은 아침을 먹고 바로 출발하여 오목골 집에 돌아온 정미는 명하의 옷부터 벗겼다. 그리고 자신의 옷도 모두 벗어 버리고 알몸이 되었다. 며칠 동안 입었던 옷을 세탁하려고 벗었지만 정미는 명하의 벗은 몸을 보자 성욕이 솟았다.

"하고 싶어."

정미의 알몸이 막을 수 없는 파도처럼 밀려왔다. 거칠게 다가와 부드럽게 물결치는….

"나두."

별로 힘든 장례식은 아니었지만 신경 많이 쓴 시간이었다. 피곤한 일을 마친 명하는 긴장이 풀리며 피로가 밀려왔다. 미친 듯이 섹스를 하고 그대로 곯아떨어지고 싶었다. 정미를 안아 침대에 뉘었다.

"아, 아니 뒤로 하고 싶어."

정미가 급히 일어나 엉덩이를 보이며 말했다. 상주 휴게실이나 엄마 집 안방에서는 자리가 불편하고 신경이 쓰여 택한 자세려니 했는데… 정미는 시작부터 끝까지 한 자세 후배위만 원했다. 행여 삽입이 깊어지면 손으로 명하의 몸을 밀어내거나 스스로 자신이 움직여 깊이 들어오는 것을 막았다. 명하는 자려고 침대에 누웠지만 정신이 점점 또렷해졌다. 후배위 자세 때면 엉덩이를 높이 하고 상체를 숙여 깊게… 깊게… 그런 여자가 자신을 무의식적으로 밀어냈다. 그 이유는 하나였다. 명하가 알고 있는 상식, 이혼한 전처와의 경험, 임신. … 알몸에 원피스 하나만 걸친 정미가 세탁할 옷들을 바구니에 담아 들고 방을 나갔다. 명하는 정신이 번쩍 들었다. 엉덩이에 산탄총 맞은 멧돼지처럼 허둥거렸다. 알몸으로 일어나 정미를 따라간 명하가 세탁바구니를 잡았다. 입었던 속옷을 찾아 입고 양복으로 갈아입으며 쇼핑백에 넣어 두었던 자신의 외출복을 찾아 입었다.

"왜 그래? 쉬고 있어. 점심 만들어 줄게."

명하의 행동에 정미가 놀라 말했다.

"집에 가 할 일이 있어. 갑자기 생각났어. 미안해."

명하가 지갑과 휴대폰을 확인하여 주머니에 넣으며 대답했다. 정미의 얼굴이 어두워졌다. 그녀는 명하의 행동이 자신 때문이라고 생각했다. 일방적인 체위와 소극적인 섹스 때문에…. 그렇다고 터놓고 말할 수도 없고 그가 원하는 대로 몸을 맡길 수도 없었다.

"명하 씨 내일까지 휴가잖아."

"그래도 집을 너무 비웠어… 애도 걱정되고."

"딸…?"

정미가 굳어졌다. 명하가 현관을 나가고 도어록 알람이 울렸다. 정미가 현관 앞에 주저앉았다. 잠시 잊고 있었던, 아니 잊고 싶었던 명하의 딸이 잔잔한 수면 위로 암초처럼 솟아올랐다. 그와 함께 할 사랑의 항해에…. 임신이라는 사실이 드러나는 것은 시간문제였다.

'그 사람이 알고 나면… 알고 나면?'

생각이 상상을 불러 정미가 울음을 터뜨렸다. 어떻게 해야 그 사람을 붙잡을 수 있는지 방법은 생각나지 않고 떠나가는 뒷모습만 뚜렷이 떠올랐다. 한참을 울던 정미가 눈물을 훔치고 입술을 다물었다. 명하가 옷을 찾기 위해 꺼냈던 옷들을 다시 바구니에 담고 장례식에 가지고 갔던 백의 지퍼를 열었다. 백 내부를 이리저리 뒤지던 정미가 백을 거꾸로 들고 내용물을 거실 바닥에 탁탁 털었다. 하지만 그녀가 찾는 것은 끝내 보이지 않았다. 상주 휴게실에서 새벽에 섹스를 할 때 벗었던 자신의 햄팬티와 명하의 팬티가 보이지 않았다. 그때 분명히 지퍼가 달린 비닐 주머니에 넣어 토트백에 넣어 두었었다. 혹시나 하고 명하의 외출복이 들어있던 쇼핑백을 뒤져 보고 털어 보았지만 그 어디에도 팬티 두 개가 든 비닐 주머니는 없었다. 정미는 새벽에 정신이 없어 상주 휴게실에 흘리고 왔으리라 믿고 그 속옷들을 잊기로 했다. 그녀는 세탁기를 작동시키고 소파에 멍하니 앉아 있었다. 명하가 가 버려 점심을 하려던 일을 잊어버렸다.

(21)

오목골에서 걸어 나오는 길은 포장길이었지만 시골 내음이 났다. 힘들고 불편했던 3일간의 기분을 씻어 내려고 명하는 천천히 걸었다. 길 왼쪽으로는 막 모를 낸 그리 크지 않은 논들이 있었고 오른쪽에 버티고 있는 야산은 제법 푸르렀다. 그리 멀지 않은 산에서는 뻐꾸기 소리까지 들려왔다. 꿈결 같은 봄은 가고 완전한 초여름이 되었다. 일

장춘몽이란 말이 맞아떨어지는 마흔다섯 봄이 저만치 가고 있었다. 어느새 국도까지 나왔다. 포천 쪽으로 가면 집이고 서울 쪽으로 가면 공장이었다. 어느 쪽으로 가나 보통 걸음으로 40분 정도 걸리는 거리였다. 한참을 망설이다 공장 쪽으로 향했다. 승용차가 주인을 기다리고 있었기 때문이었다. 그때 자동차 경적 소리가 두 번 울렸다. 명하가 소리 나는 쪽으로 고개를 돌렸다. 오목골 입구에서 조금 위쪽에 있는 버스 정류장 갓길에 정차된 하얀색 외제차에서 난 소리였다. 알파벳 세 자가 대명사인 세계의 명차였다. 운전석 문이 열리며 늘씬한 여자가 내렸다. 색안경에 숏커트 머리, 가슴이 파인 타이트한 원피스, 헤어스타일이 변하고 색안경으로 얼굴 반을 가렸어도 누구인지 알 것 같았다. 안경을 벗으며 최중희가 다가오려 하자 명하가 손을 들어 그녀를 정지시켰다. 중희가 걸음을 멈추었다.

"명하 씨 전…."

"최중희 씨와 저의 거리는 이 정도가 적당합니다. 무슨 일로 여기까지?"

"제가 가까이 가면 끌어당기는 매력에 못 벗어날까봐… 흐훗. 정미 얘기하려고 왔는데."

"정미가 임신한 거요?"

명하의 말에 중희가 허탈하게 시선을 먼 곳으로 돌렸다가 다시 명하 쪽으로 향했다.

"정미가 말할 리는 절대로 없을 테구, 풍부한 성지식을 가진 작가의 추리인가요?"

명하는 어떤 물체가 머리를 관통하는 충격을 받았다. 자신의 예감이 맞아들어 갈 때마다 겪는 현상이었다.

"우리 일에 관심이 지나친 건가요, 아니면 우리가 감시를 받는 건가요? 닥터요, 스파이요?"

"알고 싶으면 타세요. 그때 못한 브런치 해야죠."

중희가 운전석에 탔다. 명하가 한참을 망설이다 옆자리에 올랐다.

"포천 쪽으로 700미터쯤 가면 생선구이집이 나올 겁니다."

"저 생선구이 좋아하는 거 어떻게 아세요? 혹시 관심? 호호호."

중희가 가볍게 웃으며 차를 돌리고 있었다. 고급 외제차를 처음 타 본 명하가 차 내부 여기저기를 살폈다. 그 와중에 중희의 몸매를 따라 흐르고 있는 원피스 라인이 눈에 들어왔고 유난히 도드라진 골반 부위가 명하의 시선을 잡았다. 특정한 속옷의 마무리 처리 같았다. 승용차는 쿠페였다. 중희가 미소를 지으며 명하를 힐끔힐끔 보았다.

"이런 차는 어떤 옵션이 있나 살펴 본 거요."

"비싼 값에 어울리는 옵션이 있죠. 한번 상상해 보세요. 어떤 장치가 있을까요?"

"젊은이가 즐겨 타는 쿠페니까 운전석에 옆 좌석을 조종

할 버튼이 있을 것 같군요."

"명하 씨 손을 꼼짝 못하게 묶고 좌석을 접은 다음, … 그런 장치가 있더라도 명하 씨와 카섹스는 싫어요."

중희가 농염과 얼음을 섞어가며 말했지만 그녀의 오른손은 명하의 허벅지에서 놀고 있었다.

"끈 팬티는 장점보다 단점이 많은 편이죠."

명하의 말에 중희의 손이 명하의 허벅지에서 떠나고 얼굴이 돌 씹은 표정이 되었다. 그리고 식당에 가서 음식이 나올 때까지 말이 없었다. 돌솥밥에 여러 가지 생선구이를 중희가 먹기 시작하자 명하도 수저를 들었다.

"자세하게 알고 싶지 않나요? 정미 임신 소식…."

"내가 듣고 싶은 것보다 중희 씨가 말하고 싶은 욕구가 더 큰 것 같군요."

"명하 씨 재수 없는 거 알아요?"

"제가요?"

중희가 까르르 자지러졌다.

"어제 장례 끝내고 수원 조원동 정미 엄마 집에 들렀죠? 명하 씨가 그 집에서 쉬고 있는 동안 두 모녀는 산부인과를 찾아갔고. 내가 직접 미행한 것은 아니고 내 의뢰인이 수고를 했죠. 아는 선배가 하는 병원이라 전화로 자세히 물어봤어요. 임신 4주랍니다. 명하 씨는 어떻게 알게 되었죠?"

"어젯밤과 조금 전 섹스에서 후배위를 택하고 몸을 사리는 것을 보고 혹시나 했죠."

"제 앞에서 섹스와 체위 얘기를 눈빛 하나 변하지 않고 말하는 남자는 명하 씨가 처음입니다."

"도덕과 양심이라는 척에 걸리지 않으면 전 섹스에 대해 부끄러워할 이유가 없다고 봅니다."

중희가 수저를 놓았다. 명하의 눈을 보았다. 자신의 시선을 피하지 않는 남자는 흔하지 않다. 섹스 얘기를 스스럼없이 하는 남자도 없다. 있다 해도 침실에서 나오는 소리로 그냥 저질에 지나지 않는 단어뿐이다. 우명하는 정말 갖고 싶은 순수 그 자체였다. 중희는 명하 앞에서 자신이 늘 쥐가 되어 있는 기분이 들었다.

"섹스에 대해 그렇게 관대한 분이라 씨내리 노릇을 했나요?"

중희는 한 방 제대로 날렸다고 생각했다.

"씨내리라… 참 내게 적절한 말이군요. 옛날 마님들은 씨내리를 칼잡이 시켜 쥐도 새도 모르게 죽였다는데 이거 밤길 조심해야겠네."

명하가 식욕을 잃은 듯 수저를 놓으며 말했다. 중희는 앞에 있는 명하의 뺨을 향해 손바닥을 올리려다 참았다.

'이 남자는 사랑 없는 섹스를 할 위인이 아니다. 뭐 밤길 조심? 지금 나보고 그 말을 믿으라구?'

"내일까지 휴가라 정미가 놓아 주지 않았을 텐데. 임신이라 느끼고 계약은 성공했다 속으로 외치며 나오다 제게 잡히셨네요."

중희의 말에 명하가 망설이다 입을 열었다.

"중희씨가 우리들의 만남을 어떻게 생각하는지 압니다. 그렇지만 우리 사랑이 비난 받을 정도는 아니라고 봅니다."

"흥, 사랑…? 소설가답게 포장하시려구?"

"예, 예쁘게 포장하여 끝내려 합니다. 내 마음까지 담아 봉인할 겁니다. 몇 천 년의 세월이 흘러도 아무도 모르게…."

"저 잠깐 화장실에…."

중희는 명하의 말을 더 들을 수 없었다. 질투심이 머리끝까지 올라와 있었다. 옆 의자에 놓인 핸드백과 쇼핑백을 들고 화장실을 갔다가 한참 후에 돌아와 작은 쇼핑백을 명하에게 내 밀었다.

"이게 뭡니까?"

"전 모으는 취미가 있어요. 그 중에는 볼펜도 있죠. 세계적인 명품 필기구 볼펜들인데 명하 씨 글 쓰는 데 드리고 싶어요."

"펜이라니 잘 쓰겠습니다."

"이제 명하 씨와 정미에 대한 감시는 없을 겁니다. 그만 일어나시죠."

중희와 명하는 자리에서 일어났다. 그리고 명하가 가르

쳐 주지 않았는데 정확하게 회사 주차장에 데려다 주고 중
희는 서울로 가 버렸다. 몇 시간 일을 하려고 사무실에 올
라갔다.

"우과장 웬일이야? 내일까지 휴가 아니었어?"

"일 다 봤습니다."

"오, 그래. 바쁜 일 없으니까 들어가고 내일 출근해."

명하가 사장의 말에 사무실을 나와 승용차에 올랐다. 옆
좌석에 중희가 준 쇼핑백을 놓고 보니 어떤 펜들이 들어있
나 궁금했다. 백 안에는 장방형의 작은 상자가 들어있었다.
뚜껑을 여니 하드 케이스에 20개의 펜이 가지런히 정렬되
어 있었다. 하나 집어 써 보니 필기감이 좋았다. 명하가 미
소를 띠며 상자를 다시 쇼핑백에 넣으려다 안에 또 무엇인
가 있는 것이 보였다. 손에 들려 나온 것은 중앙부가 젖은
노란색 끈 팬티와 다이어리를 찢어 쓴 쪽지였다.

'명하 씨는 내 속옷을 적시는 재주가 있네. 오늘은 내가
이 끈을 풀지만 머지않아 당신이 풀게 될 거야.'

명하는 아차 했지만 이미 일은 벌어졌다. 중희라는 여자
가 모종의 일을 벌이고 있다는 예감이 들었다.

(22)

세탁기의 종료 멜로디가 끝나고 두어 시간이 지난 것 같

앉다. 몇 시간을 세탁물도 널지 않고 있던 정미가 움직인 것은 엄마의 전화를 받은 다음이었다.

"애 생각해서 입맛 없더라도 영양가 있게 꼬박꼬박 챙겨 먹어야 한다."

엄마의 전화를 받고 자신이 임신한 것을 새삼스럽게 알 았다. 속옷을 찾으려다 옆에 있던 산모수첩을 집어 들었다. 초음파 사진을 보고 있으니 절로 웃음이 나왔다. 정미는 기 운을 내 일어났다. 그리고 세탁물을 널고 밥을 지어 한상 잘 차려 먹었다. 그녀의 맞은편에는 자리에 없는 명하의 밥 이 놓여 있었다. 엄마가 늘 한 남자를 위해 하던 행동을 자 신이 자연스럽게 따라하고 있었다. 떨어져 있을 때 전화를 하던 밤 11시쯤 명하에게 전화를 했지만 받지 않았다. 10 분 간격으로 두 번을 더 했지만 받지 않아 '사랑해 잘 자' 라고 문자를 보내고 정미는 잠을 청했다. 명하 씨 … 내일 올 거야, 아니 전화라도 받을 거야, … 올 거야, … 받을 거 야, … 올 거야, … 올 거…야? 정미는 밤새 주문을 걸며 잠 이 들었다. 다음날 아침 일어난 정미는 묘한 기분에 휩싸였 다. 그냥 하루가 지난 평범한 날인데 몇 백 년의 잠에서 깨 어나 맞은 첫 날처럼 낯설게 느껴졌다. 그 느낌의 의미를 정미는 날이 갈수록 알 수 있었다. 오전 10시쯤은 오리라 믿고 꽃단장을 하고 기다렸지만 명하는 오지 않았다. 정미 는 명하가 다니는 회사에 전화를 하고 나서 그가 쉬지 않고 출근한 것을 알았다.

'회사 일이 많은가 보네.'

점심시간에 전화를 했지만 받지 않았다.

'내일 오는 날이니까 기다리자. … 전화하지 말고 참고 기다리자. 내일 오면 달달 볶아주자.'

그녀는 빙그레 웃었다. 잘못했다고 싹싹 비는 명하의 모습이 상상되었다. 정미는 다음날 명하의 퇴근 시간까지 즐거운 그 상상을 하며 보냈다. 정미는 집 밖으로 나가 서성거렸다. 승용차 소리가 날 때마다 오목슈퍼 쪽으로 고개를 돌렸지만 명하의 낡은 소형차는 나타나지 않았다. 슈퍼 앞 전봇대에 달려 있는 가로등에 불이 들어오더니 여름밤의 불청객 나방들이 모여들기 시작했다. 산이 가까워 나비보다 더 화려하고 거대한 나방들이 여름밤 군무를 벌였다. 정미는 눈앞에 펼쳐지는 광경이 어느 순간은 빠르게, 어느 순간은 느리게, 또 멀리, 가까이 느껴졌다. 그녀 눈앞의 모습들이 모든 것을 말하는 것 같았다. 우명하라는 남자는 오지 않는다고. … 밤 9시가 넘어가고 있었다. 약속한 날짜를 한 번도 어겨 본 적 없고 이렇게 늦은 적이 없는 사람이었다. 정미는 집안으로 들어와 서성이며 생각에 잠겼다. 왜? 왜? 하다가 화가 치밀었다. 명하에게 주려고 만든 북어조림을 냄비째 들어 음식 쓰레기통에 버리고 울음을 터뜨렸다. 그리워, 그리워하다 미움으로 마음이 기울면 중심을 잃은 시

소처럼 바닥을 치게 된다. 명하를 향한 정미의 마음은 그리움의 항복점을 힘겹게 넘어 미움의 바닥으로 곤두박기 시작했다. 한 번 미움 쪽으로 기울어 버린 마음은 추락의 끝을 모르고 떨어지고 있었다. 그러나 어느 순간 다시 그리움 쪽으로 기울고 있었다. 그렇게 하루에도 몇 번씩 정미의 마음은 극과 극을 오가고 있었다. 끼니를 거르며 힘들어 하는 정미의 마음이 전해졌을까? 명하와 헤어지고 3일째 오후 늦게 그로부터 문자가 왔다.

'영양가 있게 꼭 끼니 챙겨 먹어. 거르면 안 되잖아.'

끼니 거르면 안 되잖아, 안 되잖아, 명하의 문자는 목소리가 되어 정미의 귓전에 울렸다. 그녀는 그 소리를 듣고 마음을 다잡았다. 그리움도 미움도 아닌 딱 중앙에 정미의 마음은 자리를 잡았고 마음이 편안해졌다.

'기다리자. 그가 전화하거나 올 때까지 기다리자. 내가 임신한 것을 그도 알고 있다. 그에게 생각할 시간을 주자. 주사위는 허공을 날았고 패는 그에게 있다. 꿈같은 시간을 만들어 준 사람이 그의 본 모습일까, 아니면 마실장 말대로 그의 목적은 돈이었을까? 더 많은 돈을 얻기 위해 나와 심리전을 하고 있는 그가 우명하의 본 모습일까?'

정미가 미친 듯이 웃어 버렸다. 자신이 시작한 게임에 우명하를 끌어들이고 블록 맞추기를 하고 있는 자신을 본 것이다. 웃던 그녀가 엉엉 울기 시작했다. 악몽의 트라우마에서 벗어날 열쇠를 찾았지만 운명의 열쇠에는 또 하나의 열쇠가 달려 있었다. 그녀가 33년 동안 막아 놓았던 사랑의 문 봉인을 연 열쇠였다. 정미는 깨닫지 못하고 있었다. 막아 놓았던 사랑의 봉인이 열리며 악몽의 트라우마를 가둬 놓은 것을. 너무나 그가 보고 싶었다. 미치도록 보고 싶었다. 안 보면 죽을 것 같았다. 정미는 명하를 찾아 가기로 마음먹었다. 울음을 그치고 눈물을 닦고 힘차게 일어났다. 명하의 문자가 온 것은 그때였다.

'내일 갈게.'

내일은 토요일이다. 정미는 만세를 불렀다. 어린아이처럼 마냥 신나 집안 여기저기를 뛰어 다니며….

(23)

현관을 들어서는 명하의 모습이 아주 낯설게 느껴지는 이유는 왜일까? 단 이틀 만에 찾아와도 목에 매달리며 키스하고 침실로 끌고 가던 정미는 아무것도 할 수가 없었다. 입도 얼굴도 몸도 움직일 수가 없었다. 두 사람은 서로의 얼굴을 한참 바라보다 명하가 먼저 움직였다. 가스렌지 위의 북어조림 타는 냄새가 나자 명하가 불을 끄고 가스 연결 밸브를 잠김 쪽으로 돌렸다. 정미의 시선은 명하의 몸과 손끝을 따라 움직였다. 명하가 작은 방으로 들어가 노트 두 권을 들고 나왔다.

"나가자. 할 얘기가 있어. 옷은 갈아입지 마. 멀리 안 갈
거야."

정미는 집 밖으로 나와서도 명하에게 가까이 갈 수가 없
었다. 명하는 들고 나온 노트를 자신의 승용차에 넣어 두고
연립 위쪽으로 향했다. 정미는 일정한 거리를 두고 이끌리
듯 따라갔다. 명하는 연립 맨 끝 마지막 동 위에 있는 조그
만 어린이놀이터에 가서 걸음을 멈추었다. 그곳은 야산과
연립 울타리가 제법 잘 어울리는 곳이었다. 명하는 울타리
기초 돌담을 몸을 낮추고 살폈다.

"이리 와 봐…!"

명하의 손짓과 목소리에 정미는 그에게 가까이 갔다. 그
리고 명하의 손끝이 향하는 곳에 시선을 고정했다. 놀이터
에는 변변한 놀이 기구 하나 없는 탓인지 아이들이 없어 아
주 조용했다. 그때 어디선가 이상하게 생긴 벌 한 마리가
날아와 돌담 바위에 앉는 것이 정미의 눈에 들어왔다. 몸
전체가 길고 특히 허리가 가는 그 벌은 콩알만한 흙 경단을
입에 물고 있었다. 그 벌은 흙 경단을 물고 바위 틈새로 기
어 들어갔고 이어서 경쾌한 소리가 들려 왔다. '쎄쎄쎄 쎄
쎄쎄…' 반복적으로 계속되던 그 소리가 멈추고 이내 돌 틈
에서 벌이 나와 날아가 버렸다. 그 벌은 잠시 후 또 흙 경단
을 물고 와 바위틈으로 들어갔고 똑같은 소리가 들렸다. 명

하가 정미의 손을 잡고 작은 벤치에 가 앉으며 입을 열었다.

"저 벌 보고 무슨 생각했어?"

"명하 씨, …나…."

정미는 하고 싶은 말이 나오지 않았다.

"저 벌의 이름은 나나니벌이야. 흙 경단으로 작은 토굴을 만들고 그 안에 작은 곤충들을 잡아다 넣고 입구를 밀봉하지. 알에서 태어난 새끼가 먹을 양식인데 옛날 어릴 때 옆집 할머니 말씀이 그 벌이 내는 소리 때문에 벌레들이 벌이 된다는 거야. 날 닮아라, 날 닮아라."

명하가 여기까지 얘기했을 때 침울해 있던 정미가 피식 웃었다. 바위틈에서 나던 그 벌 소리와 명하의 날 닮아라 소리가 리듬과 음절이 맞아 사실처럼 느껴졌기 때문에 힘 없는 웃음이 나왔다. 명하는 굳은 얼굴로 계속 말을 이었다.

"나 같은 건 모래 그림처럼 지워 버리고 정미도 매일 주문을 외워. … 아가야 날 닮아라, 아가야 날 닮아라. 난 계약서 태워 버렸어. 돈 얘기는 없었던 거야. … 4천, 내가 쓴 것 다음에 꼭 갚아 줄게."

명하가 벤치에서 일어났다.

"명하 씨, … 우리 결혼해."

정미가 따라 일어나며 말했다.

"결혼, 왜?"

"우리 사랑하니까"

"사랑, … 사랑, 생우유보다 유통기간 짧은 게 사랑이야. 우리 사랑 이쯤에서 아름답게 묶어두자. 울지 말고 행복해라."

명하가 뒤도 돌아보지 않고 아래로 달려 내려갔다. 정미는 망부석처럼 굳어 떠나는 명하에게 손 한번 들어주지 못하고 눈물만 흘리고 있었다.

'울지 마라, 울지 마.'

명하의 목소리가 메아리처럼 여운을 남겼다. 정미는 입술을 지그시 깨물며 흐르는 눈물을 손등으로 훔쳤다.

"나쁜 남자, …나쁜 놈, 나쁜 새끼."

정미는 지금 이 순간 그 어떤 욕으로 우명하를 매도해도 성이 차지 않았다.

(24)

윤정미와 우명하의 계약서

하나, 우 작가님, 저를 싱글맘으로 살아갈 수 있게 도와 주세요.

하나, 6개월간 저의 남자가 되어 주세요. 사례는 충분히 하겠어요. 기간 내에 제가 임신을 하면 5억을 드리고 안 되더라도 2억을 사례하겠습니다.

하나, 6개월 동안은 정말 연인처럼 저를 사랑하는 마음으로 대해 주셔야 합니다.

하나, 만약 한두 달 내에 제가 임신을 하면 계약은 끝나는 것이며 더 이상 제게 오시면 안 됩니다. 꼭 지켜 주세요.

하나, 아이에 대한 친권은 우 작가님께는 없습니다. 아이와 저의 존재는 깨끗이 잊어 주세요.

하나, 이 계약은 타인에게 비밀이며 선금으로 4천을 보냅니다.

하나, 계약 의사가 있으면 다니엘종합병원 최종희 의사를 찾아가세요. 종합 검진 안내를 해 드릴 겁니다. 닥터 최가 우 작가님 건강소견서를 제게 가져오면 우리 계약은 발효되는 겁니다.

작성자 윤정미

정미는 다이어리 안쪽 깊숙이 숨겨 두었던 계약서를 꺼내 읽어보고 히죽히죽 혼자 웃었다. 요즘 말로 초딩처럼 유치하고 돌팔매를 맞을 정도로 이기적인 계약서였다. 이 계약서를 작성할 때만 해도 행여 이 남자가 떠나야 하는데 질 퍽거리기라도 한다면 마실장의 손을 빌릴 수밖에 없다고 생각했는데. 지금 이 순간은 마실장에게 그 사람 잡아오라 하고 싶었다. 죽을 만큼 보고 싶다고. 우명하는 계약서 그 대로 이행했다. 몸과 마음을 다하여 사랑하고 임신시키고 작전을 성공한 병사처럼 철수한 것뿐이었다. 다만 다른 것이 있다면 그가 스스로 돈을 포기한 사실뿐, 마실장이 이 사실을 알았다면 그가 더 많은 것을 얻으려고 연막을 친다고 생각하겠지만 정미는 명하의 순수한 마음을 알 것 같았다. 맑은 사랑에 돈이라는 탁류가 섞이는 것을 원치 않는 것이리라. 그 티 없는 사랑을 알기에 정미는 우명하라는 남자를 이대로 못 보낼 것 같았다. A4 용지 크기의 계약서를 반으로 찢고 다시 포개 찢고 찢어 수십 조각을 만들어 변기에 넣었다. 나선형으로 빠져들어가는 종이조각들을 보며 정미의 머릿속에 한 생각이 떠올랐다. '돈 4억6천 굳었다.' 어떻게 자신의 머리에서 그런 생각이 떠올랐는지 정말 싫었다. 자신의 몸속을 돌고 있는 것이 뜨거운 피가 아닌 돈가루 같아 온몸에 소름이 돋았다. 정미는 화장실을 나와 멍하니 서 있었다. 무엇을 해야 하는지 생각이 나지 않았다. 한참 만에 명하가 이 집에서 마지막으로 한 행동이 떠올라 작은방으로 들어갔다. 글을 쓰고 있던 명하가 의자를 돌리고 웃으며 자신을 맞을 것만 같았다. 최고급 노트북, 카메라 세트, 정미가 사 준 것 모두 다 그대로 두고 자신이 사서 쓰던 노트 두 권만 가져가고 그 자리에 반지가 놓여 있었다. 엄마에게 완전한 부부로 보이기 위해 샀던 반지였다.

'그냥 가져가 팔아도 상당한 돈이 될 텐데….'

외모만큼이나 면도날처럼 샤프한 성격의 소유자라는 걸 다시 한 번 느낀 순간이었다. 하지만 그것은 결코 나쁜 것만은 아니었다. 그 남자가 진정 내 남자가 된다면 한눈 안 팔고 오직 자신만을 사랑해 주지 않을까? '야생마는 잡아 길들이기 어렵다 하지만 야생마는 곧 명마다.'라는 어떤 책의 한 구절이 떠올랐다. 할 거야. … 하자. 앞을 막든 목에 밧줄을 걸든 잡자. 초원 저쪽에는 밧줄의 명수 최중희가 기다리고 있지 않은가. 그때 무슨 객기로 그런 말을 했을까? 6개월, 아니 3개월도 안 돼 풀려날 명하를 친구 중희가 노리고 있다는 생각을 그동안 잊고 있었다. 정미는 중희 생각에 정신이 번쩍 들었다. 그녀는 그 작은 연립을 실험용 모르모트처럼 몇 바퀴를 돌고 또 돌았다. 남자를 잘 아는 중희에게 명하를 뺏길까봐 불안하고 불안했다. 하지만 그 불안은 잠시 후 사라졌다. 우명하라는 남자는 결코 바람녀 최중희에게 넘어갈 흔한 남자가 아니라는 결론을 내렸다.

(25)

회사 정문 밖으로 먼저 나간 동료들이 뒤늦게 나오는 명하를 돌아보며 수군거렸다. 명하는 직감적으로 주차장에 반갑지 않은 손님이 기다린다는 것을 알았다. 그리고 그 사람은 동료들이 아는 사람이라는 것이다. 명하는 그 자리에서 멈추고 발길을 돌려 2층 사무실로 올라갔다. 얼마 전 회사 중요 시설에 카메라를 설치하였고 그 모니터가 사무실에 있었다.

"우과장 웬일이야? 윤사장 기다리는데 어서 퇴근해."

사장의 말에 명하의 시선이 모니터로 향했다. 주차장 화면은 5번이었다. 명하의 차를 바라보며 서성이는 정미의 모습이 화면 가득 들어왔다. 날아오는 화살은 피할 수 있어도 윤정미란 여자는 피할 수 없을 것 같았다. 명하가 사무실을 내려왔을 때 정미는 정문에서 서성거렸다.

"명하 씨…!"

정미가 웃었다. 그러나 명하는 무표정으로 그녀를 지나치고 주차장으로 꺾어져 걸었다. 정미는 저만치 앞서 가는 우명하라는 남자가 오늘따라 낯설게 느껴졌다. 뛰어가 그의 팔짱을 끼고 싶지만 왠지 그가 거칠게 뿌리칠 것만 같았다. 정미가 심적 갈등에 젖어 있는 동안 명하는 자신의 승용차에 올랐고 아차 하는 순간 가 버렸다. 정미는 눈앞에 보이던 무지개가 사라진 것 같았다.

"윤사장님!"

온몸이 땅 밑으로 가라앉는 느낌에 힘들어하던 정미가 남자 목소리에 정신을 차렸다. 앞에 명하의 회사 대표가 와 있었다.

"아, 사장님 안녕하세요."

"우명하 이 친구 참, … 윤사장님, 섭섭하시더라도 오늘은 그냥 가시고 내일 다시 오세요."

"예, 그래야 할 것 같아요."

정미가 힘없이 웃으며 말했다.

"내일은 퇴근시간에 맞춰 택시를 타고 오세요."

"예…, 아, 예, 그러는 게 좋겠네요."

정미가 늦게 대표의 말을 알아듣고 대답했다. 다음날 같은 시각에 정미는 택시를 타고 와서 기다렸다. 오늘도 제일 늦게 주차장으로 온 명하가 정미를 한 번 보고 자신의 승용차에 올랐다. 정미의 시선은 명하를 따라 움직였다. 명하의 승용차가 출발하였지만 몇 미터 못 가서 멈췄다. 그의 차에서 경적 소리가 났다. 우명하라는 남자는 착하지만 식당에서 여자에게 의자를 빼 주거나 승용차 문을 열어주는 남자는 아니었다. 정미는 심호흡을 하고 몇 발자국 걸어가 차 문을 열고 명하 옆자리에 올랐다.

"또 오면 차 두고 와도 안 데려다 준다."

차를 출발시키며 명하가 먼저 입을 열었다.

"그럼 걸어가지 뭐…."

정미가 아랫입술을 지그시 깨물며 말했다.

"말대꾸 스타일이 몇 년 같이 산 마누라같다."

농담이든 아니든 명하가 말을 받아 주는 것이 정미는 고마웠다. 그녀는 용기가 생겼다.

"나 족발 먹고 싶어…."

"입덧하니?"

"으응."

아직 입덧을 시작하지는 않았지만 정미는 그냥 거짓말을 했다. 명하는 행여 아는 사람을 만날까봐 오남리까지 나와 족발집을 찾았다. 특대를 하나 시켰다.

"많이 먹어."

정미는 족발을 그리 좋아하는 편은 아니지만 오늘따라 맛있었다. 그리고 자신도 알 수 없는 눈물이 흘러내렸다.

명하가 먹던 것을 멈추고 손수건을 꺼내 정미의 눈물을 닦아주었다.

"다른 생각 말고 어서 먹어…."

"명하 씨 나…."

"이거 다 먹고 얘기하자."

'이렇게 다정다감한 내 남자인데 왜, … 왜 내 곁을 떠나려 할까?'

정미는 명하의 얼굴을 자세히 보았다. 그도 자신만큼이나 힘든 시간을 보내고 있다고 얼굴이 말하고 있었다. 명하는 뼈가 붙어있는 껍질 부분을 먹고, 먹기 좋은 살은 정미가 먹었다.

"가진 게 2만원뿐야. 3만원은 보태."

후식으로 나온 식혜를 마시며 명하가 말했다. 정미가 5만원권을 내놓자 명하가 동전지갑에 몇 번 접어 넣어두었던 2만원을 꺼내 정미 앞에 놓고 5만원권을 집어 들며 먼저 일어났다. 돈 2만원…, 그의 몇 주일치 개인용돈인 것을 정미는 알 수 있었다. 그렇게 구질구질하게 살면서 몇 억대의 돈을 거절하는 속내를 그녀의 소견으로는 정말 알 길이 없었다.

"여기서 얘기 끝내고 가자."

족발 계산을 하고 먼저 승용차에 탑승한 명하 옆 자리에 정미가 오르며 입을 열었다.

"나 사랑하지?"

"내가 대답할 문제는 아니고 네가 느끼는만큼 받아들여."

앞 유리창만 응시하고 있는 명하의 옆모습을 정미는 한참을 쳐다보았다. 명하는 끝내 정미 쪽으로 시선을 주지 않았다.

"표정 들키면 마음 탄로날까봐 그래? 그렇게 힘들어하면서 왜 헤어지려고 해?"

"그 얘기는 이미 끝났잖아."

"명하 씨가 일방적으로 끝냈지 난 안 끝났어. 우리 만남이 처음부터 문제가 있기는 하지만 이렇게 끝내는 건 아닌 것 같아."

정미의 목소리가 점점 높아지고 있었다.

"하아!"

명하가 깊은 한숨을 토했다.

"내게 시간을 좀 줘."

정미가 애원했다.

"시간? 여기서 더 지나면 더욱 힘들어질 거야."

"가을까지만 같이 있어줘. 10월까지만, 제발 명하 씨."

정미는 차선책을 제시했다. 그것마저 거절할 우명하는 아니라고 믿었다. 그 다음 일은 그때 가서 생각하기로 했다. 명하는 대답은 하지 않고 차를 출발시켰다. 정미는 밖으로 얼굴을 돌리고 회심의 미소를 지었다.

"올라가."

오목골 연립 앞에 승용차를 세우고 명하가 정미를 돌아보며 말했다.

"같이 안 올라가?"

많이 실망한 얼굴로 정미가 물었다.

"3일만 시간을 줄래?"

정미는 잠시 생각을 하다가 고개를 끄덕였다. 그리 길지 않은 시간, 지금까지 보아온 우명하는 사슴 같은 여린 마음을 가진 남자였다. 너무 구석으로 급하게 몰아붙이면 벽에 머리를 박고 죽어 버릴 것만 같았다.

"참, … 명하 씨."

정미가 내리려다 고개를 돌리고 물었다.

"왜 그래?"

"장례식장 휴게실에서 우리 사랑하고 속옷 갈아입었잖아."

"그게 왜?"

"우리가 입었던 속옷 내가 어떻게 했는지 기억나?"

정미가 아는 명하는 3일 전 먹은 점심에서 반찬 종류 어느 반찬을 제일 먼저 먹었는지 기억하는 남자였다.

"내 팬티와 자기 햄팬티를 비닐 지퍼 주머니에 넣어 토트백에 넣었잖아."

"그랬지? 분명히 그랬는데 아무리 찾아도 없어."

"엄마 집이나 어디서 잃어버린 거겠지. 어서 올라가."

정미도 그 일을 명하 말대로 믿기로 했다. 그런데 온 몸이 이상해졌다. 자신의 몸 전체가 눈사람처럼 녹아내리는 느낌이 들었다. 장례식장 휴게실에서 벌였던 후배위 사랑이 연상되어 그녀가 본능을 깨운 것 같았다. 이제 막 밤이 기다려지는 자신의 마음을 알 것 같은 정미는 더 이상 자제할 수 없을 것 같았다. 실내등도 켜지 않은 어둠속에서도 명하는 지금의 정미 상태를 느낄 수 있었다.

"명하 씨, 명하 씨 … 나 정말 하고 싶어. 그냥 같이 올라가면 안 될까?"

"정미야. 우리 …."

정미는 명하의 다음 말을 기다리지 않았다. 명하가 한 호흡하는 순간 정미가 거침없이 입맞춤을 해왔다. 둘은 깊고 깊은 입맞춤을 정신없이 했다. 그들이 정신을 차린 것은 안방 침대에서 알몸이 되어 한 번의 격렬한 사랑을 끝내고 난 뒤였다. 명하가 딸이 기다리는 집으로 돌아간 것은 그로부터 2시간 후였다.

(26)

어젯밤 사랑의 보답인지 정미는 때맞추어 점심을 가지고 명하를 찾아왔다. 회사 동료들의 부러움과 질투를 받아가며 명하는 휴게실 한쪽에서 정미가 풀어놓은 점심을 먹고 있었다.

"명하 씨, 하나 궁금한 게 있는데?"

명하가 먹는 것을 물끄러미 바라만 보던 정미가 조용히 물었다.

"뭔데, 말해봐."

"전처는 어떤 여자였어?"

"전처라…, 너와 몇 가지 공통점이 있는 여자라고 해두지."

망설이지 않고 대답하는 명하의 말에 정미는 갈 때까지 말을 잊었다.

"갈게."

"점심 잘 먹었어. 근데 이제 오지 마."

정미는 연립집에 돌아와서 집안을 서성거렸다. 한숨을 쉬며 이마를 몇 번 쳤다.

'왜 그 생각을 못 했을까? 그 사람의 상처를 왜 외면했을까? 전처에게 어떤 상처를 받았기에, … 나도 미처 알지 못한 사이 나도 그 사람에게 상처를 주었나?'

정미가 집으로 가고 오후 작업시간 5분 전에 중희로부터 걸려온 전화는 첫마디부터 심상치 않았다.

"명하 씨, 오늘 일 끝나고 나 좀 봐야겠어."

"무슨 일인데?"

두 사람은 언제부터인지 서로 말을 놓고 있었다.

"내가 보고 싶다면 달려올 거야?"

"전화 끊는다!"

명하가 불쾌하여 통화를 끝내려 했다.

"나 화나게 하지 마. 어젯밤 섹스 대가로 정미가 만들어다 준 점심 잘 먹었어?"

중희의 말에 명하는 등골이 서늘해졌다.

"아직도 감시해? 그쪽에서는 관음증이라고 하던가?"

"정미와 태어날 아기를 아낀다면 내게 오는 것이 좋을 거야."

중희가 전화를 끊었다. 이어 그녀로부터 문자 한 통이 왔다. 강남의 어느 아파트 주소였다. 명하는 오후 내내 일이 손에 잡히지 않았다. 명하가 지금까지 느낀 최중희는 결코 실없는 소리를 할 여자가 아니었다. 윤정미와 최중희, 그리고 우명하라는 이름을 가진 자신이 세 가닥이 만나 하나가 된 댕기머리처럼 꼬여 버렸다는 것을 느꼈을 때는 부드럽게 풀어질 가망이 없다는 것도 알았다. 일이 끝나고 자신의 승용차에서 한동안 고민하던 명하는 휴대폰에 뜬 메시지 주소를 내비게이션에 입력했다. 중희는 명하가 오지 않기를 빌었다. 그가 자신에게 달려온다면…. 그러나 초인종이 울렸다. 중희는 소파에서 일어나 현관 모니터 화면을 보았다. 우명하의 얼굴이 보이자 중희는 입술을 깨물며 1층 현관문 열림 버튼을 눌렀다. 사랑스러우며 미워 죽겠는 남자…, 잘못했다고 싹싹 빌 때까지 때려주고 싶은 남자. 그녀는 명하가 엘리베이터로 6층까지 올라오는 동안 마음을 정했다. 자신을 이렇게 비참한 패배자로 만든 정미를 용서할 수 없었다. 그 책임을 명하에게 묻기로 했다. 6층에 멈춘 엘리베이터가 열리며 명하가 내렸다.

'쫘악!'

중희는 온 힘을 다하여 자신 앞에 당당히 선 명하의 뺨을 때렸다. 그의 뺨에 붉은 손가락 자국이 생겼다.

"뺨 한 대 가지고 되겠어?"

명하가 독 오른 살모사처럼 고개를 쳐들고 말했다.

"가, 가 버려…. 이 길로 바로 가면 용서해 줄게."

중희가 엘리베이터를 손으로 가리키며 소리쳤다. 명하는 소리치는 중희를 한 번 보더니 말없이 열려진 문 안으로 들어갔다. 중희가 기가 막혀 입을 벌린 채 따라가고 문이 닫혔다. 명하는 긴 4인용 소파 중앙에 앉았다.

"난 정미처럼 당신에게 저녁 대접해 줄 마음 없어. 쓴 커피 한 잔도 바라지 마."

중희가 소파에 연결된 스툴에 앉으며 말했다. 그녀는 앉으면 속옷이 드러날 정도의 초미니스커트를 입고 있었다.

"내가 어떻게 해야 우리 모두 상처 없이 살아갈 수 있을까?"

명하가 차분히 입을 열었다.

"명하 씨가 오지 않기를 빌었는데…. 내 말 한마디에 이렇게 오다니 당신도 정미도 용서가 안 돼."

"원하는 대로 할 게…. 길을 알려줘."

명하의 말에 중희가 스툴에서 일어나 창밖을 내다보며 말했다.

"정미는 당신을 이용했어. 명하 씨에게 세 가지 제안을 하지. 첫 번째, 내 손을 잡고 침실로 가줘. 내 남자가 되는 길이지. 두 번째, 이 소파에서 나를 겁탈하는 거야. 강간범으로 한 5년 세상과 떨어져 살아. 그래야 정미도 당신을 포기할 거 아냐. 세 번째, 지금 날 죽여…."

"나 그냥 갈게. 성폭행으로 신고해. 다 준비돼 있잖아."

"준비? 무슨 준비?"

중희가 창밖에서 시선을 돌렸다.

"장례식장 와서 정미와 내 속옷을 훔치고 내게 끈 팬티를 준 것…."

"대단해 우명하! 내 의중을 알고도 여기를 와? 정미 그 계집애 때문에? 하아!"

중희가 조롱하듯 웃으며 말했다.

"우리 모두를 위해 왔어."

"당신 참 재미없어."

"여기 아파트 감시카메라, 당신 속옷과 내 자백이면 충분하니까. 정미와 애기는… 부탁이야."

"정미, 정미, 왜 정미야. 나두 명하 씨 사랑한다구."

중희가 악다구니를 썼다.

"중희 씨, 미안해."

"강간범, 그거 소설 속 얘기 아니야. 당신 인생 끝이라구. 작가에게는 더욱 치명적이지."

"나 무늬만 작가야."

명하가 일어났다.

"내 남자가 안 돼도 괜찮아. 지금 나하고 섹스 한 번 하면 정미에게 가는 거 용서할게."

중희가 명하의 목을 두 팔로 감싸며 애원했다. 그러나 명하는 중희의 팔을 살며시 풀었다.

"정미를 사랑하지만, 나 정미 남자 안 해. 당신하고 못 자는 것은 당신이 싫어서도 매력이 없어서도 아냐."

"당신 정말 밥맛이야. 가, 가라구⋯."

중희가 주저앉으며 울음을 터뜨렸고 명하는 뒤도 돌아보지 않은 채 가 버렸다. 중희는 원 없이 울었다. 그녀가 남자 때문에 운 것은 33년을 살아오면서 딱 두 번이고, 첫사랑의 시련 때도 이 정도는 아니었다. 중희의 사랑철학은 즐거움이었다. 하지만 지금 아픔의 사랑을 뼈아프게 맛본 그녀는 진정한 사랑의 맥을 느꼈다. 주위에서 어울리지 않는 힘든 사랑을 하면 답답해했다. 왜 그렇게 바보같이 사냐고⋯. 지금 최중희란 잘 나가는 서른세 살 여자가 그 병에 걸렸다. 죽을 것 같은 지독한 사랑의 홍역에⋯. 잘 생기고 허울 좋은 작가라는 거 빼고는 최악의 남자 우명하에게…. 처음 명하에게 빠졌을 때 이러다 말겠지, 조금 시간이 지나면 여름날 감기처럼 툭툭 털고 잊겠지 생각했는데…, 감기인 줄 알았는데 죽을 것 같은 일생에 꼭 한 번은 걸친다는 홍역 같은 사랑을 중희는 하고 있었다. 그렇지만 그녀는 기쁘다. 소리꾼이 폭포 아래서 득음을 한 것처럼 우명하라는 남자를 통해 사랑이 무엇인지 알았기 때문이다. 갓 부화된 오리새끼가 처음 본 대상을 엄마로 알고 따르듯이 사랑에 눈뜬 지금 중희의 사랑은 우명하뿐이었다. 우명하는 정미와의 사랑을 갖고 일생을 보낼지 모른다. 그래서 더욱 그에게 욕심이 생긴다. 옆에 두지도 못하면서 평생 지켜만 볼 사람, 또 그 사람을 그렇게 바라볼 자신은…, 그래도 그녀는 행복할 것 같았다. 언젠가는 자신을 바라볼 그날을 기다리며….

(27)

명하는 오늘 아침 반찬에 신경을 썼는데 딸 연주는 아무 이유 없이 밥을 거르고 등교했다. 어젯밤 대화도 거절하고… 명하는 마음이 아팠다. 어쩌면 아빠가 차려주는 마지막 밥일지 모르는데, 세상과 단절된 그곳에 다녀오면 20대가 넘은 숙녀가 되어 있을 텐데, 그때는 더욱 이 아빠를 미워할 텐데 오늘은 세상이 많이 낯설었다. 사형수가 자기 죽을 날을 느낀다고 했던가? 이미 예고까지 받은 명하다. 다만 미안한 것은 회사에 폐가 되는 것이 마음이 편하지 않았다. 회사 정문을 통과해 앞마당까지 들어오는 승합차를 보고 명하는 올 것이 왔다는 것을 알 수 있었다. 앞마당에는 사장 차 외에 자재와 납품차량만 출입이 허용되었다. 승합차에서는 건장한 사내 셋이 내려 문이 활짝 열린 현장 작업장으로 들어왔다. 목공 기계소리와 먼지 배출을 위한 환풍기 소리에 그들이 얼굴을 찡그렸다. 사장 조카인 사무실 오부장이 어느새 나타나 스위치를 내렸다. 모든 모터가 멈추자 사람들이 일손을 멈추고 입구 쪽으로 시선을 돌렸다.

"경찰이다. 우명하 나와."

가장 어려 보이는 형사 목소리에 사람들 시선이 명하에게로 쏠렸다.

"반항하면 죽는다. 빨리 이리 나와."

이번에는 나이가 가장 들어 보이는 반 대머리 형사가 손가락을 까닥거리며 이죽거렸다. 명하는 시계를 보았다. 오전 11시가 넘어가고 있었다. 명하가 사람들에게 가볍게 목례를 하고 앞으로 나갔다. 나이 어린 형사가 수갑을 꺼내 명하 손목에 걸었다. 차가운 수갑 날이 맹수의 이빨처럼 손목을 파고들었다. 형사들은 누구 하나 미란다 원칙을 말해주지 않았다. 180도 달라진 동료들의 시선을 받으며 10년 동안 정들었던 직장을 이렇게 떠난 줄은 미처 몰랐다. 이 길을 선택하고 첫 번째 후회가 밀려왔다. 얼씨구나 좋다. 양손에 떡인 것을 … 굳이 하나만 택하고 그것마저 먹지도 않고 말라 비틀어질 때까지 바라만 볼 거면서 … 바보 천치 멍충이. 그 어떤 말이라도 어리석은 자신을 대변할 수 없을 것 같았다. 형사들이 명하의 주머니를 뒤져 모든 소지품을 비닐 주머니 하나에 모았다.

"야, 너 산부인과 여의사 따먹고 속옷 어떻게 했어?"

명하를 승합차에 짐짝처럼 밀어 넣은 젊은 형사가 물었다. 명하는 입을 열지 않았다.

"어쭈, 묵비권을 행사하겠다."

"차 한번 뒤져봐."

나이 많은 형사의 말에 젊은 형사가 비닐 주머니에서 명하의 차 열쇠를 찾아 들었다. 두 형사가 승합차 문을 열어 놓은 채 담배 한 대씩을 피우는 사이 젊은 형사가 중희의 속옷이 든 비닐 주머니를 흔들며 개선장군처럼 온갖 폼을 잡고 나타났다.

서울 강남 본서에서 명하는 조사관 경관에게 들볶이고 있었다.

"여자 속옷 몇 개나 갖고 있어? 바른대로 부는 게 신상에 좋을 거야."

"딱 한 번뿐이니까 간단히 끝냅시다. 그리고 내 전처에

게 연락하여 딸 좀 책임지라고 말씀해 주세요. 만약 연락
안 하셔서 제 딸에게 무슨 일이 생기면 당신들에게 그 책임
묻겠습니다."

"뭐 이런 새끼가 다 있어."

명하의 말에 조사관이 자리에서 일어났다. 부하들에게
감시 카메라를 가리게 하고 폭력 자세를 취했다. 그때 중년
의 기자 하나가 들어오며 카메라 셔터를 연속으로 눌렀다.

"강경위 또 한 건 하신 겁니까?"

방금 들어오며 사진을 찍은 기자가 이죽거렸다.

"박기자가 웬일입니까? 여긴 아무것도 없는데…."

"출입기자야 냄새 때문에 오지요. 여기 우명하라는 소설
가 선생이 있을 텐데."

박기자의 말에 강경위가 명하를 돌아보았다. 중희의 제
보를 받았는지, 아니면 촉이 좋아 알아냈는지 박기자라는
사람의 입에서 나온 소설가라는 말 때문에 분위기는 많이
달라졌다. 조사관의 언행이 순화되고 명하가 보는 앞에서
전처에게 연락을 취했다.

(28)

소설 《하얀 무지개》를 출간한 출판사에서는 책을 출간
하고 광고 한 줄 내주지 않았다. 명하는 어떻게든 자신의

소설을 알리고 싶어 3대 지상파 방송국에 책과 사연을 보냈다. 어려운 환경에서도 꿈을 꾸는 희망의 아이콘 테마로 한 번 방송에 나올 만도 한데 그것은 어디까지나 명하의 꿈이었고 방송국에서는 꿀 먹은 벙어리였다. 그후로 일 년이 지난 지금 그렇게 원했던 방송이 봇물처럼 터져 나오기 시작했다. 명하가 사이드잡으로 가지고 있던 소설가라는 타이틀은 지금까지는 그저 관심 없는 개똥같은 존재였지만 그 소설가라는 타이틀에 성폭행이라는 부제가 붙자 톱스타의 범죄만큼이나 사회 이슈가 되었다. 출판사는 증발하였고 작가는 구속영장이 청구되었는데 서점 창고에 쌓여 있던 소설《하얀 무지개》가 모두 팔려 버리는 현상이 나타났다. 인터넷과 소셜 네트워크가 파문을 넘어 해일을 일으켰다. 우명하와 최중희의 신상털기가 도를 넘고 있었다.

'최중희는 소문난 바람녀다'

'산부인과 의사 최중희를 먼저 잡아넣어야 한다'

'잘 생긴 작가가 상상이 안 된다'

'한번 유혹하고 싶은 남자다'

참새 방앗간이 따로 없었다. 소설《하얀 무지개》평도 많이 나왔는데 결혼과 독신 싱글맘 사이에서 갈등하는 30대 여성들의 지지가 뜨거웠다. 그 와중에 일을 만들어 벌인 곳이 있었다. 그곳은 '한경 문인협회'였다. 명하가 검찰의 영장이 떨어져 구속되던 날 문인협회에서는 주요 일간지

세 곳에 광고를 크게 실었다. 그것은 광고라기보다 대자보
에 가까웠다.

　'성범죄자 우명하는 소설가가 아니다. 그는 신춘문예나
그 어느 문학동인지에 당선이나 추천도 받지 못했으니 우명
하를 소설가라고 칭하는 것은 부적절하다. 한마디로 그는
불량 작가다. 그러므로 그가 쓴 소설은 수준 미달이고 사회
에 악영향을 끼칠 수 있다고 판단되어 출판 및 판매를 금지
해야 된다. 언론은 더 이상 우명하를 소설가로 부르거나 쓰
지 말 것이며 그의 원래 직업인 공장 근로자로 명시해 주기
바란다.'
　　　　　　　　　　　　　　　　-사단법인 한경 문인협회

　문인협회 대자보 때문일까, 아니면 다른 로비가 있었는
지 언론은 급격히 변하고 있었다. 자신들의 흥미거리로 파
헤쳤던 가십거리가 사회에 문제가 될 수도 있다는 것을 알
았는지, 아니면 결자해지인지 명하에게 잔인하게 퍼부었
다. 꼭 그렇게까지 해야 했을까? 언론의 도가 넘어 우명하
에게 동정심이 생기려고 할 때 명하의 재판이 시작되었다.
명하는 누가 보내주었는지 알 수 없는 유명 변호사를 거절
했다. 국선 변호사의 성의 없는 변호와 스스로 무덤을 판
명하의 자백 때문인지 재판은 속전속결로 끝났다. 9년형이
떨어졌다. 명하는 길어야 6년쯤으로 생각하고 있었는데 판

사가 최종 판결문에서 불량 작가로서 사회에 악영향을 주었다고 했다. 문인협회와 언론이 3년의 보너스를 준 것이다. 구치소 생활을 끝내고 교도소로 입감하던 날 호된 신고식을 받으며 명하는 또 한 번의 후회를 했다. 그런 후회를 하는 사람이 또 있었다. 중희는 자신이 왜 명하에게 그런 선택권을 주었는지 너무 후회되고 혼란스러웠다. 그 길밖에 없었는지, 그게 최선이었는지…. 이번 일로 성미의 마음이 더 멀어졌는지, 아니면 떨어질 수 없을 만큼 더 가까워졌는지 알 수 없지만 한 가지는 분명히 알았다. 9년이란 결코 짧은 시간이 아닌 그 세월을 자신은 '부베의 연인'이 되어 그를 기다릴 거라는 것을…. 그가 출옥하더라도 자신 곁에 돌아오지 않는다는 것을 알면서도, 결코 자신을 용서하지 않을 걸 알면서…. 그것은 정미에게 이 세상의 종말 같은 충격이었다. 모든 것을 태워 버릴 것 같은 하얀 빛이 쓸고 지나간 후 아무것도 남지 않은 세상, 그런 세상이 정미 앞에 펼쳐지고 있었다.

(29)

중희는 그동안 자신에게 정보를 제공했던 사립탐정에게 마지막 의뢰를 부탁했다. 명하 전처의 소재지가 그것이었다. 사립탐정은 미리 조사해 놓은 자료가 있었는지 즉시 중희에게 알려 주었다. 명하 전처는 하남에서 작은 건강식품 가게를 하고 있었다. 가게 안에는 여학생 혼자서 컴퓨터를 하고 있었다. 한눈에 척 봐도 누구 딸인지 알 것 같았다. 우명하라는 남자를 세상과 격리시킬 때 한 가지 걱정이 그의 딸이었는데 다행히 엄마가 거두어 마음이 놓였다.

"누구세요?"

투명유리를 통해 점포 안을 살피는 중희의 뒤에서 중년 여자의 음성이 들렸다.

"아… 안녕하세요."

중희는 몸을 돌려 여자를 보았다. 사진에서 본 명하의 전처가 자신을 이상한 눈길로 보고 있었다. 우명하라는 남자가 어떻게 이런 여자와 살았을까 상상이 안 되었다.

"여기는 약 같은 거는 안 팔아요."

명하의 전처가 퉁명스럽게 말했다

"약이요? 무슨?"

"발기부전 뭐 그런 거 찾는 것 아닙니까?"

중희는 웃음이 나왔다. 여자의 눈으로 봐도 자신에게 요부 끼가 있는 게 느껴진다고 생각하니 절로 웃음이 나온 것이다.

"전 최중희라고 합니다."

중희의 자기소개에 명하 전처의 눈빛이 달라졌다.

"그러시군요. 그 산부인과 여의사!"

"예, 그쪽은 오지혜씨 맞죠?"

지혜가 입술을 지그시 깨물며 점포로 들어가고 중희가 뒤를 따랐다.

"엄마 왜 이제 와. 친구들 기다린단 말야."

명하의 딸이 컴퓨터 책상에서 일어나며 짜증을 냈다.

"엄마 볼일 끝났으니까 이제 놀러 가."

"엄마 돈!"

"무슨 돈?"

"가게 보면 3만원 주기로 했잖아."

"없어."

"아빠는 약속하면 주는 데…."

명하 딸이 입을 내밀었다.

"기집애야, 그럼 네 아빠 따라 빵에 가 살든가?"

"연주야. 자 받아."

중희가 명하 딸에게 5만원권 두 장을 내밀었다. 연주가 순간 좋아했지만 받지 않고 엄마를 보았다.

"받아라. 네 먼 친척 고모니까 얼른 받아 가지고 가봐."

"고맙습니다. 고모님."

엄마의 말에 연주가 조심히 중희의 돈을 받아 지갑에 넣고 가게를 나갔다. 가게에는 손님들이 차를 시음하는 온돌방이 있었다. 두 여자가 괴목으로 만든 탁자를 가운데 두고 앉았다.

"드릴 차는 많지만 그쪽 대접할 차는 없네요."

"예, 저도 차나 마시러 온 건 아니니까."

지혜가 픽 웃었다. 중희는 그 웃음이 무엇을 말하는지 알고 있었다.

'이 여자는 알고 있구나. 전남편이 죄가 있어 감옥에 간 것이 아니라는 것을….'

"이 가게를 알고 내 이름과 딸 이름까지 알면서 내가 한 성격 하는 건 모르셨나 보군요?"

"한 성격 하시는 걸 왜 제게…?"

이번에는 중희가 픽 웃었다.

"도대체 무슨 재주로 내 전남편을 빵에 보내셨나요?"

"재주요? 제가 무슨 원숭인가요?"

"나 그쪽이랑 말장난하고 싶지 않아요. 찾아온 용건이나 말하시죠?"

지혜의 언성이 조금 높아졌다.

"우명하 씨와 왜 이혼하셨나요?"

"당신은 왜 그를 사랑하면서 감옥에 처넣었나요?"

지혜가 가소롭게 웃으며 되물었다. 중희가 당황했다.

"…."

"당신이 여기 왔을 때 확신이 섰지만 전 그쪽 소문을 듣고 짐작했어요. 그 사람에게 죄가 없다는 것을…. 그 사람 애정이 없으면 양귀비가 유혹해도 꿈적 안 하는 거 모르셨나? 그런 사람에게 강간죄라니. 그쪽이 아까 딸에게 준 돈 때문에 얼굴 성한 줄 알아요."

중희는 명하 전처 지혜의 얘기에 왈칵 눈물이 나왔다. 그에 대한 야속함, 미안함이 눈물을 만들었다. 마음에 없으면 원래 그런 사람인 것을 자신이 부질없는 일을 벌인 게 아닌가 후회의 눈물도 있으리라.

"명하 씨와 당신이 잘 살았으면 제가 그 사람을 만날 일도 없었고 이런 슬픔도 없었을 텐데…."

"글쎄 그럴까요? 그쪽을 보니까 친구 남편도 유혹하겠는데?"

"한때는요. 하지만 저 명하 씨 만나고 변했어요."

"천만에요. 사람은 쉽게 안 변해요 당신은 어쩌면 오기를 사랑으로 착각한 것 아닌가요?"

"오기… 그게 무슨?"

중희의 큰눈이 가운데로 몰렸다.

"그 사람 사랑을 못 받는 것에 대한 일종의 복수… 의사들은 기본적으로 심리학 공부를 할 텐데…."

지혜의 일침에 중희가 미친년처럼 웃었다. 자신이 어쩌다 이런 데 와서 수모를 당하고 있을까 아무리 생각해도 한심스러워 웃음이 터진 것이다. 아니 어쩌면 지혜의 말이 맞을지도 모른다. 명하가 첫 유혹에서 자신과 잤다면 그를 쿨하게 차 버렸을 수도…. 그러나 중희는 머리를 도리질하며 큰소리로 외쳤다.

"아뇨, 저 명하 씨 사랑해요. 영원히요."

우명하를 사랑한다고 믿는 중희는 감정이 복받쳐 급기야 울음을 터뜨렸다. 지혜는 자신 앞에서 통곡하는 중희를 보고 느꼈다. 남자는 여러 여자를 사랑해도 안 되고 또 여자에게 너무 메마르게 해도 안 된다는 것을….

"이것 봐요. 그만 하죠. 그쪽이 그 사람 사랑하는 거 인정할게요. 내가 뭐 도움 되는 게 있다면 좋겠는데."

지혜의 말에 중희가 본격적으로 입을 열었다. 자신과 친구 정미, 그리고 우명하와의 기이한 사랑 게임을 숨김없이 털어놓았다. 중희의 얘기를 듣는 동안 지혜는 한숨을 몇 번이나 내 쉬었다.

"이 화상 매일 소설, 소설 하더니 소설과 현실도 구별 못하고. 으이그 내가 잘 버렸지."

"버려요, 누굴…?"

중희는 명하가 버림받은 게 아니길 빌었다.

"내가 우명하를 버렸어요. 일방적으로…."

지혜의 당당함에 중희의 입이 벌어지고 눈이 커졌다.

"어떻게 그럴 수 있어요? 두 사람 연인도 아니고 부부였잖아요?"

중희의 목소리는 떨리기까지 했다. 순간적으로 지혜를 죽이고 싶어졌다.

"처음부터 나는 돈이 있었고 그 사람은 달랑 두 쪽 외는 아무것도 없었으니까."

"처음 시작은 그랬지만 그 사람은 가장으로서 가족 부양 충실히 했을 텐데."

"그게 뭐 대단하다고…."

지혜의 개인 논리에 중희는 할 말을 잃었다. 그 사람이 받았을 상처를 생각하니 자신이 그 보상을 해주고 싶은 마음이 더 들었다. 그리고 그의 전처를 겪어 보니 자신이 여기 온 목적을 무리 없이 달성할 수 있을 것 같았다.

"저어…."

"그 사람하고 딸 살던 집 정리했는데 돈 2천만원밖에 안 되던데, 설마 이 인간이 그 돈을?"

중희가 떡밥을 던지기도 전에 지혜가 낚였다.

"전 모르죠. 두 사람에게 그런 거래가 있었다는 얘기만 귀동냥했는데 실제 돈이 오고간지는…."

중희는 이쯤만 하기로 했다. 이런 여자라면 정미에게 돈을 악착같이 받아내고 수모를 안겨 줄 게 틀림없다고 믿었다.

"그쪽 친구 그 정미라는 여자 연락처 좀 알려줘요."

"저, 그게 좀…."

중희가 일부러 주저하자 지혜가 웃으며 입을 열었다.

"그쪽하고 한 얘기는 오늘 이후로 싹 잊을게요. 이 사실은 내가 그 사람 면회 가서 안 걸로 할게요."

"그 친구가…."

중희가 또 주저하자 지혜가 일어나 다그쳤다.

"나 그 돈 날 위해 한푼도 안 쓰고 딸 위해 쓸 거니까 부탁해요."

중희는 그 말에 못이기는 척 메모지에 정미의 신상을 적어 주었다.

(30)

입덧과 더위 속에서 정미는 지쳐가고 있었다. 8월의 끝자락이지만 더위는 꺾일 줄 몰랐다. 시원한 바람이 나오는 최신 에어컨이 있지만 태아에게 해롭다는 얘기를 듣고 거의 켜지 않았다. 창문을 열면 시골바람이 불어와 그럭저럭 견딜 만 했다. 요즘 정미에게 더위와 입덧은 뒷전이고 가장 시급한 문제는 따로 있었다. 명하에 대한 자신의 감정을 정리하고 그와 함께한 오목골 추억까지…, 처음 마음먹은대로 떳떳한 싱글맘으로…, 먼 훗날 아이가 아빠에 대해 묻거든 이름 석 자 가르쳐 주고 교통사고로 죽었다고…, 하루에도 열두 번씩 명하에 대한 생각을 정리하지만 그때뿐이었다. 그가 있는 곳을 찾아가 물어보고 싶다. 왜 그랬냐고, 이게 뭐냐고…. 그가 아니라도 이 문제를 풀어줄 사람이 또 있지만 그 친구를 찾아가 듣게 될 얘기가 무서워 선뜻 용기가 나지 않았다. 그리고 정미의 마음을 정리하는 8월의 마지막 날 오후에 그 여자가 나타났다. 찾아올 사람이 없는데 초인종이 울렸다.

"누구세요?"

"빨리 문 열어."

인터폰에서 들려온 여자 목소리는 위협적이었다.

"누구시냐고 묻잖아요?"

정미도 지지 않았다. 문 밖의 여자는 대답 대신 발로 문을 차는 것 같았다. '쿠쾅, 쾅!' 정미가 참다 못해 문을 열었다. 문 밖에 버티고 있는 여자는 지혜였다. 정미는 앞에 있는 여자가 자신의 몸 전체를 살피는 것을 보았다. 정미도 질 수 없어 그 여자를 똑같이 머리에서 발끝까지 살폈다.

"자네는 성님 보고 들어오란 말도 못 하나?"

지혜가 먼저 힘주어 입을 열었다.

"성님…?"

정미는 성님이란 말에 그 여자의 정체를 짐작할 수 있었다.

"내가 허수아비야? 정말 들어오란 말 안 할 텐가?"

"들어오세요."

지혜의 짜증스런 말투에 정미가 몸을 비켜주며 차분히 말했다.

"척, 보아하니 차분하고 조신한 성격이군. 내 성격하고 정 반대니 우명하의 사랑 좀 받았겠네."

지혜가 응접 소파에 앉으며 말했다. 정미는 커피 한 잔을 내려 지혜 앞에 놓고 맞은편에 앉았다.

"제 성격이나 알자고 오신 건 아닐 테고, 무슨 일이시죠?"

"성격 급한 건 나랑 비슷하네. 그 사람 면회 한번 안 가나?"

"안 가요."

딱 잘라 말하는 정미의 대답에 지혜의 작은 눈이 빛났다.

"왜냐고 묻는다면?"

"아시잖아요?"

"그 사람에 대한 믿음이 겨우 그것밖에 안 되다니 실망 인데…."

"믿음을 먼저 깬 건 그 사람이죠."

"그런가?"

"그 사람 면회 가니까 뭐라구 하던가요? 자기 대신 돈 받 아라 그러던가요?"

지혜가 쓸데없는 말로 뜸을 들이자 정미가 본론으로 들 어갔다.

"동생 화끈하네. 사업한다더니 역시, 그래 나 돈 챙기러 왔어."

지혜가 생글거리며 말했다. 명하에 대한 믿음이 절벽 중간 석송가지에 걸려 있다가 바닥으로 추락하는 순간이었다.

"우리 거래가 얼마짜리인 줄 알고나 있나요?"

"5억 아닌가?"

정미의 확인은 끝났다. 머리속에서 명하의 존재가 나가려고 하는 것 같았다.

"4천은 이미 그 사람이 받았고 4억 6천은 어떻게 드릴까요? 계좌이체, 아니면 현금?"

"미쳤어? 계좌로 그 돈을 받게. 현금으로 부탁하네, 5만원권으로…."

"주소 하나 적어 놓고 가세요. 일주일 뒤 전해드리죠."

"그래, 고, 고맙네."

지혜가 생글거리며 명함 하나를 꺼내 응접 테이블에 놓고 일어났다.

"잘 가세요."

"동생, 그 사람 한번 다시 믿어봐."

"돈 받으시려면 빨리 가세요."

정미의 말에 지혜가 급히 구두를 신고 도어록 버튼을 눌렀다. 지혜가 나가고 도어록이 잠기자 정미가 현관에 소금을 뿌렸다. 악다물었던 그녀의 입술이 움직거리더니 울음보가 터졌다. 돈이 아까워서…, 서러워서, 조각난 믿음마저 사라져서…, 정미는 까닭 모를 울음을 참지 않았다. 통곡하던 그녀가 갑자기 울음을 멈추었다. 몇 달 후에 만나게 될 아가의 움직임이 느껴졌기 때문이다.

'그래 아가야, 엄마는 너 하나면 그만이야. 너 하나만….'

정미는 마실장에게 전화를 했다.

"아이고 대표님, 오늘 해가 서쪽에서 뜬 것 같진 않은데?"

"시끄러워. … 사무실서 가까운 곳에 깨끗하고 조용한 빌라 하나 알아봐라. 한 60평에서 80평쯤이면 된다."

"맙소사! 대표님 어디 아프세요?"

"나 멀쩡하다. 그리고 짚이나 SUV 도 알아봐. 유럽산이 좋겠지?"

"오 마이 갓!"

"모레 올라간다."

정미는 마실장과 통화를 끝내고 또 한 번 울었다. 그리고 이틀 후 정미는 오목골을 떠나 서울 강남으로 갔다. 몇 달 만에 보는 사무실 식구들이 기뻐했다. 마실장이 정미의 배를 만져보자 하주임과 박주임도 덩달아 만져보았다.

"너 언제 나오니?"

"너 나오면 이 이모는 밥이다."

오랜만에 네 여자가 자지러지게 웃었다. 점심을 다 같이 먹고 정미는 마실장이 보아 놓은 빌라를 보러 갔다. 80평 인데 각 세대 주차 공간이 3대나 되고 전망도 괜찮았다. 담보나 대출도 없었다. 정미는 망설임 없이 계약했다. 새 승용차도 유럽에서 수입된 SUV로 샀다. 백화점에 들러 속옷부터 구두까지 새로 구입했다. 몸에 걸쳤던 우명하의 손길이 스치고 눈길이 머물었던 모든 것을 버렸다. 마실장을 시켜 오목골 집에 있는 모든 것, 수저부터 가전제품 가구 등

집 자체만 남기고 싹 고물상에 넘겨주도록 했다. 마실장은 몇 시간 만에 깨끗하게 정리하고 왔다. 또 그의 전처와 약속했던 돈도 마실장을 통해 전해 주었다. 여름비가 한바탕 내린 하늘처럼 깨끗이 정리된 것 같았다. 우명하라는 이름만 빼고 사진 한 장 남지 않았다. 지울 수만 있다면 그 이름과 그와 함께한 모든 기억을 하얀 백지로 만들고 싶었다. 그리고 자신에게 최면을 걸고 싶었다. 내 아기는…, 내 아기는….

10월이 되어 빌라로 이사를 했다. 오피스텔도 팔고 사무실 인테리어를 철거한 다음 임대로 내 놓았다. 다른 건물에 새 사무실을 마련했다.

"휴! 난 예전 사무실이 좋았는데…."

하주임이 정미의 눈치를 보며 조용히 말했다.

"너 바보냐? 그 사무실 인테리어 누가 했냐, 누가 했어?"

마실장이 대놓고 큰소리로 말했다.

"시끄러, 이 기집애들아. 싫으면 다 나가!"

정미도 큰소리를 쳤다.

"대표님, 그 작자 지우려고 너무 애쓰지 마세요. 미워도 하지 마세요."

마실장도 소리쳤다. 그 순간 그녀의 얼굴이 돌아갔다. 정미의 손이 마실장의 얼굴을 강타한 것이다.

"네가 뭘 알아?"

정미가 흥분하여 따졌다.

"하주, 박주 나가 있어."

마실장의 소리에 하주임과 박주임이 밖으로 나갔다.

"왜, 아무도 없는 데서 나 한 대 줘박게?"

"아뇨, 대표님은 맞을 자격도 없으세요."

"왜, 내가 인간으로 보이지도 않니?"

"대표님, 우명하 씨께 처음 관심을 가질 때 제게 전해 주라고 하신 것 있죠, …4천만원과 계약서요?"

"네가 그걸 어떻게…?"

정미의 얼굴이 흙빛이 되어 물었다.

"풀어 봤죠. 대표님 원하던 대로 되었는데 무슨 불만이 그렇게 많습니까?"

"그게 아냐, 아니라구…."

정미가 마실장을 안으며 울음을 터뜨렸다.

(31)

11월 초겨울 날씨가 매섭게 추웠다. 마실장이 보는 정미는 자신과 한바탕 한 후부터 평온을 찾은 것 같았다. 우명하를 만나기 전 늘 불면증에 시달리던 얼굴이 아닌 정말 엄마가 돼가고 있었다. 그 얼굴은 이 세상을 다 가진 것 같은 여유가 흐르고 있었다.

정미가 서울 새 빌라로 이사하고 중희가 몇 번 찾아왔지만 정미는 만나기를 거부했다.

중희는 윤정미란 친구를 영원히 잃을 것만 같았다. 한 남자를 같이 사랑한 여자를 떠나 의사로서 친구의 아기 건강도 살펴보고 조언도 해주고 싶었다. 그러나 중희는 질투라는 본능을 가진 여자였다.

자신의 염원대로 정미가 오목골을 깨끗이 정리하고 서울로 왔다. 언제가 될지 모르겠지만 그 남자가 돌아올 둥지를 부숴 버린 것이다. 비바람 찬이슬 한 방울조차 피할 수 없는 가여운 비둘기 같은 그이를 지켜 주리라…. 애타게 보고 싶지만 직접 면회는 못하고 제3자로 하여금 옥바라지를 꾸준히 하는 것도 그녀의 낙이었다. 중희는 '부베의 연인'처럼 순애보 사랑을 하는 자신을 보고 문득문득 놀라고 있었다.

정확히 언제부터인지 모르나 자신의 몸은 정기적으로 남자의 정기를 받아야 살 수 있다고 믿었다. 사랑과 관계없이 섹스 파트너가 있어야 했고, 없을 때면 남자 헌팅을 했다. 자기 스스로 나는 바람녀라고 인정했던 그녀가 10개월 넘게 남자를 모르고 잘 살고 있다. 그것이 우명하를 만나고부터 그를 사랑해서라고 믿고 있지만 때로는 그와 첫 만남에서 보기 좋게 패한 분노로 버티고 있는 것인지 그녀 자신도 혼돈을 일으킬 때가 있었다. 하지만 그녀는 요즘 그 어느 때보다 행복하다. 섹스 뒤에 오는 허무감도 없고 욕심의 갈등도 없다. 해탈의 경지에 오른 수도승처럼 맑은 머리와 마음의 평화가 중희에게 머물고 있었다. 그것은 아무리 멀리 떨어져 있어도 우명라는 남자와 마음이 연리지처럼 하나라고 믿기 때문일 것이다.

수감자에게 겨울은 쥐약이었다. 뼛속까지 파고드는 추위보다 더 견딜 수 없는 것은 밖에 대한 궁금증이었다. 이 혹독한 겨울의 끝자락이 오면 정미가 아기를 낳을 텐데…. 아들일까 딸일까….

명하가 지혜와 결혼하고 얼마 되지 않아 길거리에서 사주를 본 일이 있었는데 그때 관상쟁이가 '당신 팔자에는 아들이 없어 쯧쯧…' 하는 말을 듣고도 명하는 마음에 별 동요가 없었는데…. 관상쟁이는 혀를 차며 복채도 받지 않고 그냥 가라고 하였었다. 아들이든 딸이든 혈육의 정은 명하의 의지를 소리 없이 꺾고 있었다.

글 좀 썼다는 명하도 사랑의 무모함을 실감하는 요즘이었다. 정미에 대한 자신의 사랑이 어느 철학자인가가 말한 작은 개미가 큰 코끼리를 향한 사랑 아닌 아우성처럼 느껴졌다. 아마도 그의 진실한 사랑은 영원히 그녀에게 전해질 길이 없다는 것을 그도 잘 알고 있었다. 그러나 그 무모한 사랑을 멈출 수 없다는 것도 잘 알고 있었다. 눈앞에 보이는 것이 코끼리 다리 같은 벽일지라도….

32

중희는 정미가 강남의 고급 빌라로 이사하고 로얄패밀리들만 이용한다는 집 근처의 유명 산부인과에 다닌다는 것을 알고 있었다. 단독건물에 여의사 6명이 있는 병원으로 원장은 중희의 3년 선배였다. 내과와 소아과 사이에서 무엇을 전공할지 갈등할 때 산부인과 쪽으로 이끌어 준 선배였다. 중희의 인생에 많은 소스를 준 선배였기에 자기 병원으로 중희를 스카웃하려 했지만 그녀는 거절했다. 몇 달 만에 선배를 만나러 왔다가 승용차에서 내리기 전 주차장에서에서 나오는 정미를 본 중희는 많이 놀랐다. 간편하고 세련된 머리 스타일부터 명품의 임부복에 유럽산 SUV, 돈을 벌 줄만 알았지 쓰는 것은 평범한 월급쟁이에 불과하였던 친구였는데….

"저 자연분만하고 싶은데 어떻게 안 될까요?"

"힘들 것 같습니다."

정미의 질문에 원산부인과 원무영 원장은 망설이지 않고 대답했다.

"이유를 자세히 좀 말씀해 주시죠."

정미가 힘없이 웃으며 물었다.

"일반적으로 20대 후반이면 노산으로 봅니다. 윤정미 산모님은 서른셋입니다. 그리고 선천적으로 골반이 작은 편에 속합니다."

"옐로카드가 두 장이군요. 제왕절개 집도는 누가 하죠?"

"제왕 절개 집도는 모두 제가 합니다. 조금도 두려워하실 것 없습니다."

"사적인 질문 하나 해도 될까요?"

고개를 끄덕이던 정미가 물었다.

"사적인 질문… 혹시 최중희씨 얘기 아닌가요?"

원장이 살짝 웃으며 말했다.

"역시 서로 알고 계셨군요."

"같이 일하고 싶은 후배입니다. 그 친구는 산모님이 우리 병원에 다니는 거 알고 있습니다."

"최중희씨와 친분이 있는 걸 미리 알았다면…."

정미가 많이 힘들어했다. 두 사람의 사연을 모르는 원장은 다음 말을 이었다.

"수술 때 중희보고 서브 봐 달라고 할까요?"

"아니요. 그 여자는 제 친구가 아닙니다. 그러니까 저에 대한 모든 것을 그 여자에게 전하지 말아 주세요. 부탁합니다."

정미의 절실한 말에 원장이 고개를 끄덕였다.

수술 일정이 잡혔다.

"대표님 제가 가야 하나요?"

마실장이 노골적으로 얼굴을 찡그리며 말했다.

"그럼 누가 해? 처녀보고 보모 노릇하라니까 무서워? 너 아기 낳을 때 내가 따라가 줄게."

정미가 남산 같은 배를 흔들며 애교를 떨었다.

"알았어요, 알았다구요."

마실장이 항복하는 의미로 두 손을 들었다. 하지만 그녀의 눈동자는 아주 먼 곳을 향하고 있었다.

"윤정미 산모님, 저 믿으시죠?"

수술대에 누워있는 정미에게 원장이 말했다.

"예, 선생님."

"저를 믿고 꿈속여행을 하고 오시면 예쁜 공주님을 만나보실 겁니다."

"공주라고요…?"

"그럼 마취 시작합니다."

"공주…, 딸…."

정미는 딸이란 말에 미소를 지었다. 딸은 엄마 닮는 다는데….

원장의 신호에 마취과 의사가 정미의 입에 마취 마스크를 걸었다. 정미는 몸이 물속으로 가라앉는 느낌을 받으며 잠속으로 빠져들었다. 그리고 얼마나 지났을까… 정미는 누군가의 말소리에 의식이 깨어나고 있었다.

"윤정미 산모님 눈 뜨세요. 산모님 정신 차리세요."

정미가 무겁게 눈을 떴다. 몸이 떨릴 정도로 오한이 덮쳐

왔다.

"추워요⋯."

정미는 먼저 아기에 대해 묻고 싶었지만 입에서 나온 말은 몸으로 느낀 본능이었다.

"마취 때문입니다. 달님방으로 옮겨 드리겠습니다."

"달님방?"

"산모님 회복실을 여기서는 그렇게 부릅니다."

간호사 두 명이 이동용 베드를 옮겼다. 바퀴 구르는 소리가 들렸다.

"우리 아기는?"

정미는 그때서야 수술 전 알려 주었던 딸 생각이 났다.

"예, 공주님 건강합니다. 잠시 후 만나 보실 수 있습니다."

산모방은 따끈따끈한 온돌방이었다. 침대가 아닌 바닥에 누운 정미의 등에 온기가 전해지자 추위가 사라지기 시작했다. 간호사들이 방을 나가고 나서 정미가 누운 채 고개를 두리번거렸다. 당연히 있어야 할 마실장은 보이지 않고 가방만 덩그러니 놓여있었다. 얼마 동안 가방만 보고 있으려니 까닭 모를 눈물이 나오기 시작했다. 문 열리는 소리가 났다. 가방을 보고 있던 정미가 고개를 문 쪽으로 돌렸다. 방안으로 들어와 문을 닫고 돌아서던 여자와 눈이 마주쳤다. 여자는 엄마 숙경이었다. 두 여자는 굳어 버린 채 한동안 서로 바라보기만 했다.

"마실장이 불렀다. 나 그냥 갈까?"

숙경이 먼저 입을 열었다.

"엄마…."

정미가 숙경을 엄마라고 마지막으로 부른 것이 15년 전쯤이었다. 문 입구에 신발을 벗어놓고 한 뼘 정도 높은 온돌방으로 올라선 숙경이 울먹거리고 있었다.

"정미야, 애썼다. 수고했어."

숙경이 누워있는 정미를 토닥여 주며 말했다. 얼굴에서 눈물이 떨어져 정미가 덮고 있던 이불을 적셨다.

"엄마… 나…."

정미도 뜨거운 눈물을 토해냈다.

"그래 알아. 말 안 해도 다 안다."

두 모녀가 손을 맞잡고 한동안 울었다. 얼마를 울었을까? 두 여자는 웃으며 서로의 눈물을 닦아주고 있었다. 서로 말하지 않아도 지난 날을 이해하고 용서하는 서로의 손길로….

"이제 아가님 만나 보실 수 있습니다."

"어디죠?"

간호사의 말에 정미가 힘을 내 일어났다.

"예, 저를 따라오세요."

간호사의 말에 정미가 숙경의 부축을 받으며 천천히 걷기 시작했다. 두 여자의 얼굴에 미소가 머물고 있었다. 정미가 손목에 찬 팔찌를 보여주자 신생아실 간호사들이 번호와 이름표를 확인하고 아기를 안고 왔다. 정미는 아기를 받기 전에 엄마 얼굴을 보았다. 엄마 숙경이 웃음을 머금고 고개를 끄떡여 주었다.

"이름을 지었나요?"

간호사가 아기를 정미 품에 안겨주며 물었다.

"하나요. 윤하나."

정미가 아기를 안으며 대답했다. 하나라는 이름은《하얀 무지개》에 나오는 미혼모의 딸 이름이었다.

"이름이 예뻐요. 아기도 이름처럼 참 예뻐요 신생아 코가 이렇게 오똑하고 예쁜 건 처음 봐요."

간호사의 말에 정미도 하나의 코를 보았다. 순정만화 주인공 닮은 그림 같은 콧날을 가진 명하의 얼굴이 떠올랐다.

"지 엄마를 많이 닮았네요. 얘 애기 때와 똑같아요."

정미의 얼굴 표정을 읽은 숙경이 한마디 했다. 정미는 안다. 엄마가 왜 그런 말을 했는지…. 내게 생명을 준 남자, 뼈만 앙상하게 남았던 죽음 직전의 남자와 나를 부녀관계라고 한눈에 알아보던 요양원 사람들…. 정미는 지금도 부정하고 싶지만 그 남자와 자신은 한 핏줄이고 많이 닮았다는 걸 안다. 사랑하는 사람을 꼭 빼닮은 자식을 보면서 엄마는 얼마나 많은 세월을 눈물로 보내야 했을까? 하지만 정미는 딸 하나를 안고 결심해 본다. 자신은 결코 딸 하나를 보면서 우명하를 위해 울지 않겠다고….

교도소라는 곳은 세월이 정지된 곳이었다. 봄이 와 꽃이 피는 것도 모르고 나무에 새 순이 나오는 것도 볼 수 없다. 그냥 날씨가 더우면 여름이고 추우면 겨울이었다. 만약 유리벽 넘어 세상처럼 흐름을 볼 수만 있고 느낄 수 없다면 미쳐 버릴 것 같은 세상이기에 차라리 안 보는 편이 약이 되었다. 견딜 수 없는 세상에서 살아가려면 하나의 신념은 필수였다. 누구는 돈을 위하여… 또 누구는 복수를 위하여…. 명하는 스스로 사랑을 위하여라고 자부하며 그 사랑에 부록이 있다면 글을 위하여, 글 때문에 시련을 견디고 있었다. 가끔 뉴스에 살기 위해 범죄를 저질러 교도소행을 택한 얘기가 나왔다. 명하는 예전에 그 길을 택한 사람이 이해가 안 되었는데 지금은 조금 공감이 갔다. 부족하지만 숙식제공에 주위에 방해만 없다면 글쓰기에 괜찮은 분위기였다. 오히려 절실함을 안고 있기 때문에 창작의욕은 그 어느 때보다 강했다.

"우명하, 면회."

교도관의 호명에 명하보다 같은 방 사람들이 더 좋아했다.

"야아, 경사났네, 경사났어."

"우씨 좋겠네."

"한 턱 내야겠어."

"시끄럽구, 빨리 나와."

교도관이 철창문을 열며 재촉했다. 방을 나서던 명하가 교도관 가슴에 달린 빨간 카네이션을 보았다.

'벌써 5월 8일인가, 누굴까?'

자신을 면회할 사람은 이 세상에 없었다. 유리벽 넘어로 여자 상반신이 어른거리더니 얼굴이 나타났다. 잠시 주춤거리던 명하가 의자에 앉아 수화기를 들었다.

"웬일이야?"

명하가 전처 지혜에게 물었다.

"잘 지냈어?"

"당신 없는 곳이라면 난 잘 지내."

명하의 말에 지혜가 쓴웃음을 지었다. 그리고 한 호흡 쉬고 무겁게 입을 열었다.

"내가 없는 곳이라… 나하고 연주 이민 가 호주로…."

"연주도 원한 거야?"

"연주도 당신 같은 아빠와 같은 하늘 아래 살기 싫대."

"후우!"

명하가 답답한지 긴 한숨을 내쉬었다.

"당신… 평생 여자 근처도 안 갈 줄 알았는데…."

"무슨 소리야. 돌리지 말고 바로 말해."

전처의 말주변을 알고 있는 명하가 언성을 높였다.

"윤정미란 여자에게서 나 돈 받았어. 4억6천."

"어떻게 안 거야?"

"그게 뭐 중요해? 그 정도면 당신 아빠 노릇 다 한 거야. 잘 쓸게 고마워."

"당신은 내 모든 것을 강탈하는 재주가 있네."

"글쎄… 그럼 뭐해. 당신 마음 하나 얻지 못했는데."

"어디 가서나 절약하고 연주 잘 부탁한다. 그럼."

"연주 아빠, 잠깐만."

명하가 일어나려 하자 지혜가 급하게 말했다.

"더 할 말 있어?"

"당신 딸 하나 더 생겼어."

"뭐라구?"

명하가 일어나려다 다시 의자에 엉덩이를 붙였다.

"윤정미가 딸 낳어. 백일이 얼마 안 남았을 걸…."

"그래, 알려줘 고마워."

"당신은 늘 글 감옥에 살았지… 완벽하고 환상적인 사랑을 꿈꾸며… 갈게."

지혜가 먼저 수화기를 놓고 자리에서 일어났다. 유리벽 넘어 면회실에서 지혜가 나가고 나서 한참 후 교도관이 어깨를 칠 때까지 명하는 수화기를 든 채 그렇게 있었다. 면회실에서 수감실로 돌아오는 길지도 않은 그 시간에 명하는 많은 생각을 했다. 자신은 항상 옳고 완벽하다고 믿었는데… 월급을 빠짐없이 갖다 주며 가장으로서 떳떳하다고 자부했는데 글에 미쳐 산 자신 때문에 그녀 역시 힘든 나날을 보냈다는 걸 깨달았다.

사랑은 또 어떤가? 그 사랑 때문에…. 방에 돌아온 명하는 울음을 터뜨렸다. 지구 반대편으로 자신이 싫다고 떠나는 딸, 얼굴도 모르는 딸, 모든 것을 다 잃어버린 듯 허전함이 눈사태처럼 덮쳐왔다. 소리 내 우는 명하에게 방 식구들은 아무것도 묻지 않고 울음을 말리지도 않았다. 면회를 하고 돌아와 웃는 사람보다 우는 사람이 더 많은 것이 여기 사는 사람들 사정이다.

명하는 자신이 정미에 대한 사랑을 지키는 벌로 이 폐쇄 공간에 있다고 믿었다. 하지만 오늘 지혜의 마지막 말은 그로 하여금 다시 생각하게 했다. 글에 빠져 스스로 글 감옥을 만들어 몇십 년의 세월을 낭비한 것은 아닌지…. 어느 영화의 대사처럼 자신은 사랑의 벌을 받는 게 아니라 세월을 낭비한 죄의 벌을 받는 거라고….

"우씨, 이제 그만해."

"그래, 그 정도 해 둬."

같은 방 사람들의 목소리에 명하는 울음을 그치고 정신을 차렸다. 방안 한쪽에 쌓여있는 노트들이 눈에 들어왔다. 그의 곁을 모두 떠나도 그가 버리지 않으면 떠나지·않을 글이 그에게 남은 전부였다. 애증의 관계처럼 명하의 희로애락이 거기 있었다. 그는 몇 권의 습작 노트를 가슴에 꼭 안았다.

33

"엄마 뭐 해?"

"음, 우리 하나 간식 만들고 있지."

"맛있게 만들어 주세요."

"얼마큼 맛있게 만들어 줄까?"

"아주 많이."

정미는 네 살이 된 딸 하나와 대화하는 게 더없이 즐겁고, 그 예쁜 딸에게 먹을 것을 만들어 줄 때 가장 큰 행복을 느꼈다. 정미의 딸 하나는 애기 때부터 누구나 한번 안아 보고 싶어했다. 네 살이 된 지금은 어떻게 알았는지 대형 연예기획사에서 모델 제의까지 들어오고 있었다. 말도 똑똑히 잘하고 착하고 정말 눈에 넣어도 안 아플 것 같은 딸 하나… 명하가 주문을 알려 주었지만 정미는 그 주문을 쓰지 못했다. 나나니벌처럼 주문을 쓰려고 하였지만 주문을 외울 때마다 명하 얼굴이 떠올라 쓸 수가 없었다. 하나는 얼굴도 그렇고 행동, 잠자는 자세까지 명하의 복사판이었다. 3년의 세월이면 얼굴 윤곽 정도는 잊혀지련만 천년의 세월을 버틴 바위 조각상처럼 굳건하게 정미의 가슴에 남아 있었다.

"할무니?"

지금도 수원에 살고 있는 숙경은 하나를 보기 위해 한 달에 두세 번은 왔다.

"아이구 내 강아지 잘 놀았어?"

숙경이 손녀 하나를 안으며 물었다.

"으응, 할무닌 왜 맨날 나보고 강아지래? 난 하나야 하나."

하나가 작고 귀여운 입을 오물거리며 또박또박 말했다.

"우리 하나가 강아지처럼 예쁘고 귀여우니까 그렇지."

"나 강아지 안 할래. 강아지 아파, 아파."

하나가 입을 삐죽 내밀며 말했다.

"강아지가 목줄에 끌려가는 걸 보고 운 적이 있어. 그러니까 엄마도 그냥 이름 불러."

정미가 숙경에게 하나의 마음을 말했다.

"밤톨만한 게 웬 감성이 그렇게 예민하냐. 마음 쓰는 것도 글 쓰는 우서방 닮아…."

"엄마!"

숙경의 말에 정미가 예민하게 소리쳤다. 하나가 놀라 엄마와 할머니를 번갈아 보았다. 정미가 웃으며 하나를 향해 손을 흔들어 보였다. 하나도 긴장을 풀고 웃었다. 정미가 하나에게 만든 팬케이크가 담긴 접시를 주었다.

"할무니, 하나 간식 먹고 놀 거야. 할무니도 먹고 싶으면 할무니 엄마에게 만들어 달라 그래."

"응, 그래그래."

숙경은 손녀딸 하나의 말에 이 세상에 없는 엄마가 많이 보고 싶어졌다. 그리고 평생 그리움만 남기고 떠난 남자 한창석도 불현듯 생각났다.

"엄마는 뭐 드실라우? 딸이 만들어 줄게."

"됐다. 난 하나 먹는 것만 봐도 배부르다."

엄마의 말에 정미는 딸 하나와 엄마 숙경의 얼굴을 번갈아 보았다. 순간 가슴 한복판으로 짠하고 무엇인가 박히는 걸 느꼈다. 어릴 때 수없이 들었지만 이제야 이해할 수 있는 부모 마음이라는 무형의 칼날이었을 것이다.

"엄마, 수원 일 정리하고 여기와 같이 살아."

"그래, 나두 그러고 싶다. 여기 왔다 가면 하나 웃는 모습이 한동안 눈앞에서 아른거린다. 하지만 지금은 아니다. 때가 오겠지."

"때는 무슨? 더 늙고 망령들어서? 그땐 난 몰라."

정미가 토라지듯 말했다. 그녀로서는 정말 자신이 생각해도 큰 용기를 내 한 말이었다.

"알았다. 그런데 하나가 아빠는 안 찾냐?"

"몰라. 하늘나라에 있다 그랬어…. 천사라구."

엄마 숙경은 딸의 말에 혀를 찼다.

"난 지금도 우서방이 그런 짓을 했다고 믿지 않는다. 설령 그렇다 쳐도 3년이란 시간이 흘렀다. 하나 데리고 한번 찾아가 봐라."

"엄마 그 사람하고는 모든 것 끝난 지 오래야. 자꾸 우서방 얘기할 거면 다신 오지 마."

정미가 엄마 숙경에게 쏘아붙이고 방안으로 들어가 버렸다.

"할무니."

작은 전용 식탁에서 간식을 먹던 하나가 먹던 것을 멈추고 할머니 숙경을 보며 말했다.

"오! 하나야 왜?"

"엄마 방에서 울어."

숙경은 하나를 안고 남은 간식을 먹여주었다. 하나 몰래 방에서 혼자 울었을 딸을 생각하며 숙경은 속으로 울었다. 엄마의 길을 가지 않으려고 많은 자제와 노력을 했을 것이다. 하지만 결과는 똑같았다. 그러나 자신의 지난날을 돌아보았을 때 또 다른 길은 얼마든지 있었다. 싱글맘이라고 불행의 대명사로 보는 세상의 눈이 두렵지 않다면 지금의 행복에 안주하는 것도 그리 나쁘지는 않았다. 사람이 일생을 살면서 즐겁게 웃는 시간이 과연 얼마나 될까? 남과 여의 일생에서 즐거운 날도 개인의 웃는 시간보다 결코 길지 않을 것이다. 그렇게 보면 자신도 딸도 가장 행복한 시간만을 보냈다고 생각하면 그만이었다. 다만 자신이 선택한 삶은 자신의 책임일 뿐이다. 흔히 부모들은 자식을 위해 희생했다고 한결같이 말하는데 그건 아니다. 부모들은 그들에게

주어진 삶을 살았고 자식은 그 삶에 부록일 뿐이다. 숙경도
자신의 삶을 딸 정미 때문이라고 원망한 때가 있었다. 정미
는 안 그랬으면 좋겠다. 숙경의 바람은 그것뿐이었다.

(34)

"컨퍼런스…"

정신이 돌아온 중희가 처음 한 말이었다. 컨퍼런스 발표
자로서 충실히 준비하고 다 말한 것 같은데 그 뒤로는 기억
이 나지 않았다. 주위를 둘러보니 아무도 없고 팔에는 수액
호스가 스탠드에 걸린 병에 연결돼 있었다. 더구나 병실은
중환자용 방이었다. 의사로서 느끼는 몸 상태는 자신에게
강한 진통제가 투여된 것 같았다. 병실 안으로 사람이 들어
왔다. 병리과장 닥터 조였다.

"선배님."

중희는 닥터 조의 표정에서 자신에게 무슨 일이 일어나
고 있다는 것을 느낄 수 있었다. 임상병리과장 닥터 조와
이 병원 밥을 함께 먹은 지도 5년이 넘었다. 닥터 조의 표
정은 암환자를 대하는 의사의 얼굴 그것이었다.

"닥터 조, 나 어떻게 된 거야? 컨퍼런스 발표는 끝낸 것
같은데 기억이 전혀 안 나."

"선배님 전 모릅니다. 맹과장님 만나보세요."

"맹과장?"

중희는 팔에서 주사바늘을 뽑고 침대에서 일어났다. 맹과장이라면 내과전문의다. 이 병원뿐만 아니라 이 나라에서 다섯 손가락 안에 드는 내과의로 특히 소화기내과의 실력파다. 아무것도 아니다, 아무 일도 없다, 없다, 없다….

불안감에 주문을 외우며 맹과장 방으로 중희가 들어섰다.

"닥터 최, 어서와."

"과장님."

평범한 이웃집 중년 인상을 가진 맹과장은 중희를 보자 의자에서 일어나 응접 소파로 옮겨 앉았다. 중희는 다리가 떨려 앉지도 못할 정도가 되었다.

"긴장 풀고 편히 앉아."

맹과장의 말에 중희가 목각인형처럼 힘들게 관절을 움직여 맞은편에 앉았다.

"과장님 솔직하게 말씀해 주세요."

맹과장이 긴장할 때 나오는 버릇인 손가락 관절 꺾기를 하자 중희가 먼저 입을 열었다. 사람에게는 예감이라는 게 있는데 중희도 느끼고 있었다. 자신의 몸에 이상이 있다는 것을…. 무엇인가 소리 없이 몸에서 빠져나가는 느낌이랄까?

"도대체 의사가 건강관리를 어떻게 한 거야?"

"의사들 건강관리가 다 그렇잖아요. 자가 진단…."

중희가 애써 웃어보이며 말했다.

"팽그리 애틱…."

맹과장의 입에서 나온 말에 정미는 쇠망치로 머리를 맞는 느낌이 들었다. 머리가 붙어 있는지 함몰되었는지 손을 들어 만져보았다.

"팽그리 애틱, 췌장암… 얼마나 남았어요?"

발견하기도, 완치하기도 힘든 것이 췌장암이다. 자가 증상에 의해 정신을 잃었다면 이미 늦은 상태라는 것을 정미는 알고 있었다.

"난 의사로서 끝까지 해보자고 말해야겠지만 닥터 최의 동료로서는 해줄 말이 없네… 미안해."

"신변정리하란 말이군요. 진통제도 제가 알아서 할까요?"

"아냐, 처음부터 강한 걸 쓰면 나중에는 감당이 안 돼. 내가 단계적으로 맞춰볼게."

"나 인생 막 살았다고 죄 받는 거죠, 그렇죠?"

중희가 울음 섞인 목소리로 말했다.

"무슨 소리야. 그런 말 하지 말고 박과장에게 가봐. 도움이 될 거야."

"박과장, 정신과 닥터 도움이요? 어떻게요? 누가 대신 죽어주면 또 모를까."

중희가 희죽거리며 일어났다. 하지만 이내 다리가 풀려 쓰러졌다. 맹과장이 놀라 부축하려 하자 그녀가 거절했다.

중희는 이를 악물고 심호흡을 한 다음 일어났다. 그리고 웃으며 맹과장에게 목례를 하고 또박또박 발소리 경쾌하게 방을 나갔다. 울었다… 펑펑 울었다. 아무도 없는 곳을 찾아서…. 왜 내가 죽어야 하냐고 하늘을 원망하면서 어디가 어딘지도 모르고 밤인지 낮인지도 망각하고 방황하다 3일이란 시간을 날려 버렸다. 시한부 선고를 받고 첫 고통이 찾아왔다. 참을 수 없는 고통을 알약 몇 개로 버티고 나서 중희는 정신을 차렸다. 3일을 300일처럼 쪼개 써도 부족한 시간에 쫓기고 있는 자신을 본 것이다. 그리고 그 순간 한 남자가 머릿속에 떠올랐다.

(35)

"우명하, 면회."

정말 듣고 싶었던 말이었다. 염라대왕이 면회를 왔어도 반갑게 나갈 명하다. 참을성 깊은 그도 탈옥하고 싶을 정도로 참기 힘든 나날이었다. 글에 몰두하는 것도 한계가 있었다. 복권이라도 당첨된 듯 좋아하며 교도관을 따라 나섰다. 그러나 명하가 들어선 곳은 면회실이 아니었다. 창문 하나 없는 취조실에 가까웠다. 그리 밝지 않은 조명 아래 큰 테이블 하나와 의자 두 개가 있었고 그 의자 하나에는 30대 중반의 양복 사내가 자리하고 있었다. 명하는 동공이 그 방에 적응하였을 때 그 사내를 알아보았다.

"앉으시죠."

"무슨 일입니까?"

명하가 앉으며 물었다.

"내가 누군지 기억나요?"

남자는 우명하를 기소했던 담당 검사였다.

"내게 숙식 제공을 알선한 검사 양반을 어찌 잊겠습니까?"

"나 양동욱을 원망하는 거요? 흐흠, 다시 보니 반갑다고 해야겠네."

양검사는 깡마른 얼굴을 억지로 웃어 보였다.

"전 검사님 반갑지 않습니다. 무슨 일인지 본론으로 들어가죠."

"최중희가 변호사를 선임하여 둘의 실질적인 관계를 털어놓고 당신의 무죄를 주장했네. 일이 더럽게 되었다구… 당신이 무죄가 되면 최중희는 무고죄로 처벌 받지."

"중희가 무고죄로 처벌 받는 거 원하지 않습니다. 다 좋은 방법으로 합시다."

명하가 급하게 끼어들었다. 양검사가 고개를 끄덕였다.

"그래, 소설 좀 썼다더니 뭔가 다르군. 좋아, 음… 3년이 넘었으니 모범수 석방으로 하지. 단 재판기록, 전과기록은 삭제 안 될 거요. 이건 처음부터 당신이 자초한 일이니까 행여나 언론이나 제3자에게 불면 재미없어…. 법은 법이

오. 법이 양보하면 세상이 어지러워지네. 내 경력에 흠집도 나고. 대신 다음에 어려운 일 있으면 내가 도와주겠소."

"밀약이 성사된 것 같군요."

"좋소. 며칠만 기다리면 석방될 거요."

명하가 잠들지 못하고 뒤척이고 있었다. 내일이면 이곳을 나갈 수 있다는 설렘 때문만은 아니었다. 그의 잠을 설치는 주범은 중희였다. 그녀에게 무슨 바람이 불었는지 많이 궁금했다. '덜커덩' 철대문 닫히는 소리에 명하는 자신도 모르게 뒤돌아보았다. 방금 자신이 나온 작은 철대문에 시선이 갔다가 교도소 건물을 한번 쭉 보고 이내 몸을 돌렸다. 가방 하나를 어깨에 걸치고 그동안 쓴 소설 노트가 든 라면 상자는 끈을 묶어 들었다. 높고 긴 교도소 담을 끼고 뻗은 도로를 보았을 때 저만치 외제차 뒷모습이 보였다. 명하가 기억하는 번호와 색이 중희의 승용차임을 말하고 있었다. 그가 발걸음하기 전에 차가 후진해 왔다.

"명하 씨…."

승용차에서 내린 중희가 명하를 가볍게 포옹하더니 허리를 감았던 손을 자연스럽게 목으로 옮겨갔다. 금방이라도 명하의 입술을 덮칠 것 같은 중희였는데 어느 순간 웃으며 명하 목을 감았던 손을 풀었다. 그리고 말없이 승용차 트렁크를 열었다. 명하가 가방과 박스를 트렁크에 넣고 문을 닫았다.

"왜 날 꺼낸 거야?"

명하가 물었지만 중희는 대답 대신 운전석에 올랐다. 명하는 숨을 한 번 내쉬고 조수석에 탔다.

"살이 많이 빠졌네… 뭐 먹고 싶은 거 있어?"

중희가 명하를 돌아보며 말했다.

"먼저 내 딸 보고 싶어."

"하나, 명하 씨 딸 아냐. 정미 딸이지."

교도소 골목길을 벗어나 첫 번째 적색 신호등에 걸렸을 때 중희의 대답이 나왔다.

"하나, 이름이 하나야? 《하얀 무지개》에 나오는 아기 이름을 그대로 썼나보군."

"계산 끝났잖아. 정미 그렇게 생각하고 잘 살고 있어. 명하 씨는 생물학적 의미밖에 없는 거야."

"계산이라구? 내 전처에게 입 놀린 것이 당신이야?"

"으응."

중희의 당당한 대답에 명하는 할 말을 잃었다. 차가 다시 출발하여 큰 중국집 주차장에 도착할 때까지 두 사람은 말이 없었다. 커다란 파티션으로 독립된 공간이 안정감을 주는 음식점이었다. 창 쪽에 자리한 두 사람에게 종업원이 왔다. 중희는 A 코스 요리를 주문했다.

"금방 요리 나올 거야. 먼저 먹어 나 잠깐…."

중희가 맨몸으로 일어나 파티션 사이로 사라졌다. 첫 번

째 요리가 나오고 화장실을 몇 번 다녀올 시간이 지나도 중
희는 돌아오지 않았다. 이상한 생각에 명하가 일어나 주위
를 둘러보았다. 종업원 몇이 화장실 쪽을 가리키며 수군거
렸다. 글을 쓰는 예민한 성격의 예감이랄까 명하는 중희
의 핸드백을 들고 화장실로 뛰었다. 노크도 없이 여자 화장
실 문을 박차듯이 열고 들어갔다. 중희는 화장실 세면대 한
쪽 구석에 쪼그려 앉아 괴로워하고 있었다. 힘들어하던 그
녀가 명하가 들고 온 자신의 백을 손으로 가리켰다. 명하가
핸드백의 지퍼를 열자 중희가 재빨리 백 속으로 손을 넣어
약병을 꺼내들었다. 그녀가 입에 알약 몇 개를 넣고 숨을
고르는 동안 명하는 화장실을 떠나 자리로 돌아왔다. 잠시
후 옷차림과 화장을 고친 중희가 아무 일도 없었던 것처럼
백을 들고 자리로 돌아와 앉았다.

"먼저 먹었다. 어서 먹어."

어떻게 된 일이냐고 당장 묻고 싶었지만 명하는 담담히
음식을 권했다.

"내가 좋아하는 거는 아직이네. 내것도 마저 먹어."

명하는 중희가 앞으로 밀어주는 요리를 거절하지 않고
비웠다. 중희는 그 뒤에 나온 요리 한 가지만 먹었고 나머
지는 명하가 다 먹었다. 그렇게 먹고 싶던 기름진 중국음식
이었지만 중희를 생각하니 모두 쓴 한약 맛이었다. 요리가
끝나고 후식을 다 먹도록 두 사람은 말이 없었다.

"차 열쇠 이리 줘. 내가 운전할게."

주차장으로 먼저 나온 명하가 뒤따라 온 중희에게 손을 내밀며 말했다.

"괜찮아. 오늘은 괜찮을 거야…."

중희는 계속해서 자신이 운전을 했다. 그녀가 명하를 데리고 간 곳은 그가 꿈에도 보고 싶지 않은 곳이었다. 그곳은 중희의 집 거실이었다. 명하가 머뭇거리자 중희가 말했다.

"앉아."

"날 또 어디로 보내려고 여기로 데려온 거야."

"프랑스."

"프랑스?"

"이모부가 외교관이셔. 이모부 소개로 명하 씨 내일부터 프랑스 문화원에서 일하게 됐어. 문화원 사람들, 대사관 사람들도 만날 기회가 많을 거야. 프랑스 여자 하나 낚아서 프랑스 가서 살아. 나 죽은 뒤 명하 씨 정미 주위에 머무는 거 싫어."

"중희야… 너…."

명하가 맞은편에 앉아 슬픈 눈으로 중희를 보았다.

"그런 눈으로 나 보는 거 싫어."

"얼마나 안 좋은 거야?"

"팽그리 애틱."

"팽그리 애틱… 췌장, 설마 췌장암?"

"소설가라고 의학용어도 알고 있네."

중희의 억지 웃음에 명하는 가슴이 터질 듯이 아팠다.

"중희야…."

"그렇게 애절하게 부르지 마… 나 괜찮아."

짜증인지 협박인지 분간할 수 없는 중희의 말에 명하는 어찌 할 바를 몰랐다. 사람이 일생을 살면서 많은 경험을 하겠지만 죽음을 앞둔 사람을 대하는 것이 몇 번이나 될까… 그것도 자신을 사랑하는 여자를 보는 심정이란… 차라리 아무것도 모르는 채 교도소 안에 그대로 있을 때가 좋았다.

"차라리 날 교도소에 그대로 두지 그랬어. 정미와 나 사이를 그만큼 갈라놓고도 불안했던 거야?"

그녀에게 연민이 있었지만 자신의 사랑을 방해한 미움이 더 깊었나 보다. 명하도 자신의 입에서 이런 말이 나올 줄 몰랐다.

"정미, 정미, 내 앞에서 정미 얘기 그만해 그만…."

중희가 울음을 터뜨리며 외쳤다. 그녀의 우는 모습을 말없이 지켜보던 명하가 자리를 옮겨 살며시 안아 주었다. 명하에게 안겨 울만큼 운 중희가 고개를 들어 명하를 쳐다보았다. 뜨거운 눈길에 명하는 자신이 무너질 것만 같았다.

"그런 눈으로 보면 어떡해?"

중희의 뜨거운 눈길을 피해 명하가 고개를 돌렸다.

"이 세상에서는 내 남자 아니라도 다음 세상에서는 내 남자 되어 줄 수 있지 응?"

"그래 약속할게."

명하는 주저하지 않고 대답하였고 중희가 만족한 듯 웃었다.

"됐어. 그럼 된 거야. 나 먼저 가서 기다릴게…."

그토록 사랑하는 남자 명하에게는 자신의 병을 알리고 싶지 않았다. 그 사람 앞에서는 고통에 괴로워하는 모습을 보이고 싶지 않았지만 보이고 말았다. 이제는 그가 동정이든 사랑이든 숨이 멈추는 그 순간까지 아담과 이브가 되어 침대에서 살고 싶었다. 하지만 그런 부질없는 욕망은 어느새 연기처럼 깨끗이 사라져 버렸다. 명하의 약속이 천하의 바람녀를 순정만화 여주인공으로 만들었다. 그녀는 마음의 평화를 찾았다.

중희는 명하를 데리고 제법 규모가 큰 근처 마트로 갔다. 이름만 마트지 규모는 백화점급이었다. 중희는 먼저 의류 매장에 들러 명하의 속옷 몇 벌과 일상복 몇 벌, 그리고 양복 두 벌을 구입했다. 명하는 그 옷들을 거절하지 않았다. 두 사람은 옷을 승용차 트렁크에 넣고 지하층 식품매장으로 갔다. 명하가 미는 카트에 먹을 것을 담으며 중희는 잠시나마 행복을 느꼈다. 아마도 타인의 시선에는 그들이 행복한 부부로 보였을 것이다. 시식 코너에서는 작은 과일 조각을 서로 먹여 주었다. 중희가 꼭 해보고 싶었던 일이었다. 명하의 즐거운 얼굴에 중희는 그가 고마웠다. 자신의 죽음에 동정도 하지 않고 늘 곁에 있었던 연인처럼 웃어주고 있었기 때문이다. 카트를 밀던 명하는 바닥에서 사람들 발길에 차이는 플라스틱 나비인형을 보았다. 명하는 인형을 주워 높이 들고 주위를 둘러보았다.

"아저씨 그거 제 거예요."

뒤쪽에서 들리는 귀여운 여자아이 목소리에 명하가 고개를 돌렸다. 그리고 카트를 돌려 10여 미터 뒤로 갔다. 정지된 카트에 혼자 타고 있던 여자아이는 명하가 건네주는 나비인형을 웃으며 받았다.

"아저씨 고맙습니다."

"응, 그래."

정말 예쁘고 귀여운 여자아이였다. 나비인형을 들고 좋아하는 것을 보니 명하도 덩달아 기분이 좋아졌다. 그러나 다음 순간 어떤 여자의 손이 그 여자아이의 손에서 나비인형을 빼앗더니 바닥에 내동댕이쳤다.

"엄마 나빠."

명하의 시선이 울상이 된 여자아이의 얼굴에서 엄마라고 부른 여자 얼굴로 옮겨갔다. 여자는 재빨리 카트를 돌려 명하의 반대쪽으로 갔다.

"하나야!"

여자아이의 엄마는 정미였다. 명하의 입에서는 정미라는 말보다 딸을 부르는 소리가 먼저 나왔다.

"어, 아저씨가 내 이름 어떻게 알았지, 아저씨 안녕."

정미의 뒷모습에 반 이상 가려진 하나가 뒤돌아보며 손을 흔들었다. 명하는 자신의 몸이 무너져 내리는 걸 느낄 수 있었다.

"여길 어떻게 왔지? 집하고는 거리가 먼데…."

어느새 왔는지 중희가 옆에서 중얼거렸다. 그녀의 소리에 명하가 정신을 차렸다.

"어디 갔지?"

"뭐해?"

바닥에 엎드려 무엇인가 찾고 있는 명하에게 중희가 물었다. 사람들을 피해 한참동안 바닥을 뒤지던 명하가 상품 진열대 틈에서 작은 물건 하나를 집어 들었다. 하나가 가지고 있던 나비인형이었다. 명하가 찾은 인형을 보고 중희가 한숨을 쉬며 몸을 돌렸다.

명하에게서 벗어난 정미는 어느 순간 다리가 풀렸다. 가슴이 두근거리고 다리가 떨려 걸음을 옮길 수 없는 상태가 되었다.

"엄마, 나 아저씨 볼 거야. 아저씨가 나 불렀어."

정지된 카트에 기대 있는 정미를 향해 하나가 발을 흔들며 종알거렸다.

'잊은 줄 알았는데… 길에서 우연히 만나도 모르는 사람처럼 무덤덤할 줄 알았는데, 형기의 반도 복역 안 했는데 어떻게 된 것이지…. 그리고 하나 이름은 어떻게 알았을까? 누구랑 온 걸까? 얼굴은 왜 그렇게 반쪽인가?'

한참 만에 기운을 차려 주차장 승용차에 올랐지만 운전을 할 힘이 나지 않았다.

"아, 아저씨다. 엄마 문 열어줘."

딸 하나 목소리에 정미가 고개를 돌렸다. 카트를 미는 명하와 그의 팔짱을 낀 중희가 정미의 승용차 옆을 지나치고 있었다. 정미는 두 사람에게서 바로 시선을 돌려 버렸다. 명하가 중희와 같이 온 것을 알게 된 정미는 잠깐 보였던 연민을 지워 버렸고 팔다리에 힘이 솟았다. 시동 스위치 버튼을 눌렀다.

"하나, 시끄럽다."

창문을 열어 달라고 두드리는 하나를 향해 소리치고 차를 출발시켰다.

"엄마 나빠…."

주차장 램프로 향하는 차 안에서 하나가 울상이 되어 말했다. 집에 돌아와 딸 하나에게 미안한 생각이 들었다. 하나는 늘 어른들의 관심과 사랑을 받지만 반응은 거의 얼음공주다. 그런데 인형을 찾아주고 이름 한번 불러주었다고 그렇게 좋아하다니…. 혈육이라고 통했나?

딸이 좋아하는 간식을 만들어 주었다. 하지만 하나는 간식을 쳐다보지도 않고 자기 방으로 들어가 버렸다. 저러다 말겠지, 제풀에 풀어지겠지 생각했는데 하나의 침묵과 단식투쟁은 하루를 넘겨 버렸다. 병원에 데려갈까, 어떻게 할까 망설이고 있을 때 엄마 숙경이 왔다. 엄마의 말을 안 듣던 하나가 할머니가 애원하자 밥을 겨우 먹었다

"무슨 일이 있었니?"

숙경의 물음에 정미는 하나를 피해 엄마를 안방으로 데려갔다.

"명하 씨를 봤어."

"뭐!"

정미는 엄마에게 마트에서 있었던 일을 얘기해 주었다.

"다시는 안 보고 싶었는데."

정미가 한숨을 쉬며 말했다.

"너는 참… 내가 보기에도 두 사람 사이가 묘하다. 내 생각에는 네가 명하를 한 번 만나 보는 게 좋을 것 같다."

"내가 왜?"

엄마의 말에 정미가 발끈했다.

"지금이라도 늦지 않았다. 만나서 어떻게 된 일인지 속 시원히 알아봐라. 오해는 오해를 낳고 나중에 후회와 한으로 쌓인다."

엄마의 말이 다 끝나기도 전에 정미는 방을 나가 버렸다.

숙경이 기운이 빠진 듯 침대에 주저앉았다. 생각 같아서는 자신이 명하를 만나 모든 것을 알고 싶었지만 그녀는 참았다. 그것은 어디까지나 딸의 인생이었다. 자신이 책임지고 감수해야 할 운명이었다.

(36)

중희는 어젯밤 한숨도 못 잤다. 거실 소파에서 자고 있는 명하가 신경이 쓰였고 한밤중에 또 발작이 있었다. 하루에 두 번의 고통이 오기는 처음이었다. 몸이 급격히 나빠지고 있는 것이 느껴졌다. 사랑하는 사람에게 추한 모습을 보이기 싫어 화려한 스모키 화장을 하고 그에게 처음이자 마지막 아침밥을 만들어 차려 주었다. 세수를 한 명하에게 양복을 입혀주고 넥타이까지 매 주었다.

"난 그냥 일상복이 좋은데…."

"프랑스 사람을 만나는 일이야. 그것도 50대 커리어 우먼."

"문화원장이 여자야?"

"이모부 얘기로는 천하의 바람둥이 같대."

양복을 입은 명하를 보고 중희가 웃으며 말했다. 그녀는 명하의 밥 먹는 모습에서 잠깐 행복을 느끼고 문화원 가는 길에 미용실에서 그의 머리 스타일을 바꿔주며 또 행복을 느꼈다. 이방인에게도 최고의 남자로 보이게 하고 싶었다.

문화원 여자들이 다 반하도록….

　서울 한복판에 자리 잡은 문화원이지만 분위기는 조용한 것이 시골 성당 같았다. 명하는 중희가 문화원 원장과 별 어려움 없이 불어로 대화하는 것에 놀랐다.

　"불어는 언제 배운 거야?"

　미팅을 간단히 하고 본관 건물을 향해 이동할 때 명하가 물었다.

　"중학교 때 뮤지컬 형태의 프랑스 영화를 보고 불어가 배우고 싶어 고등학교 방학 네 번을 파리에 가서 보냈어. 마침 이모부가 프랑스에 근무하실 때였어."

　"그 영화 고전에 속하는데."

　"내가 말 안 했는데 명하 씨가 그 영화를 어떻게 알아?"

　"셸부르의 우산."

　"어, 어떻게 알았지, 명하 씨 신기 있어?"

　"그 영화 보고 많은 사람들이 불어의 매력에 빠졌지."

　"아, 그렇구나."

　하지만 두 사람의 대화는 거기까지였다. 일행이 도착한 곳은 본관 내부가 아니고 본관 뒤쪽 지하실이었다. 그곳에서 50대의 외팔이 남자가 명하를 반겼고 원장은 바로 가버렸다. 중희도 이제 명하와 이별할 때가 온 것을 실감할 수 있었다.

　"중희야."

"명하 씨 당신을 사랑해서 행복했어… 우리 또 만나겠지?"

"그래, 또 보자."

명하가 웃었다. 중희가 명하를 한 번 포옹하고 나서 계단을 올라갔다. 허공에 설치된 철계단의 발자국 소리가 점점 작아지고 끝내 들리지 않았다. 명하 눈에 잠시 눈물이 고였다. 자신의 사랑을 끊임없이 방해하던 여자에게 무슨 눈물인지… 그것은 명하도 알 수 없는 눈물이었다.

"자네 인생도 아스팔트길은 아니었나 보군."

명하에게 외팔이 사내가 말은 붙여왔다.

"예, 뭐 그렇죠."

명하보다 열두 해를 더 살았다고 자신을 소개한 그 남자는 한 씨라고 하였다. 그곳은 그 문화원 건물의 기계실이었고 명하와 한 씨의 숙소였다. 배관 파이프 밑에 놓인 야전침대 두 개와 전기밥솥, 그릇 몇 개, 수저 몇 개가 살림의 전부였다.

명하의 문화원 일은 한 씨의 보조였다. 그 사람을 도와 냉난방을 하고 건물 내 전기 수리나 화장실 정비 등 온갖 잡일이 그들의 몫이었다. 두 사람은 거의 지하 기계실에서 생활했으며 본관 건물은 출입금지였고 일이 있을 때만 출입이 허용되었다. 오른손 팔뚝 위가 절단된 한 씨는 왼 팔만으로 모든 일을 척척 잘 했다. 20대에 감전사고로 팔을 잃고 결혼도 못 했다는 그 사람은 일주일에 한 번은 외박을 했다. 외박하고 온 한 씨가 기분이 최고점을 찍고 있는 것을 봐서 여자와 밤을 보낸 것 같았다. 그리고 특이한 것은 한 달에 한 번 월급 수령 뒤에 조카딸이라는 20대 후반의 아가씨가 돈을 받아가는 것이었다. 그 여자가 찾아올 때면 명하가 먼저 목례를 해도 본체만체하는 한마디로 싸가지 없는 여자였다. 하는 일에 비해 많이 부족한 두 번의 급여를 수령하고 어김없이 한 씨 조카가 다녀간 다음날 대사관에서 통역사로 일하는 알바 여대생이 한 장의 종이를 명하에게 가져왔다. 그것은 2박 3일 유급 휴가증이었다. 명하는 단 한 자도 알 수 없는 불어와 한글로 된 간단한 휴가증에는 '다니엘 종합병원'이 기재되어 있었고 병원 전화번호가 적혀 있었다. 명하는 바로 한 씨에게 휴대폰을 빌려 병원에 전화를 걸었다. 간단한 통화를 하고 전화를 돌려주는 명하의 손이 떨리고 있었다.

"안 좋은 일이 생긴가 보군."

한 씨가 전화기를 받아 주머니에 넣으며 물었다.

"마흔 해도 못 산 젊은 여자가 북망산 길에 올랐습니다."

"그런가… 혹 자네 여기 올 때 같이 왔던 여잔가?"

"예."

"저런, 자네를 어지간히 좋아하는 것 같았는데… 어서 가보게."

한 씨에게 떠밀려 문화원을 나왔지만 명하는 거리에 서

서 망설였다. 중희라는 여자를 보내주기 위해서는 욕을 먹고 심하면 폭력까지 감수해야 한다. 몇 년의 세월이 흘렀다지만 세상 사람들은 우명하를 최중희의 성폭행범으로 기억할 것이다. 자신을 문화원에 소개해준 이모부가 가족들이나 지인들에게 진실을 얘기했다면 중희의 마지막 남자로 이목이 집중되겠지만 그것 또한 명하에게 결코 유쾌한 일은 아니었다. 그러나 명하는 한 시간 뒤 중희가 잠들어 있는 다니엘 종합병원 장례식장에 들어서고 있었다. 임대하여 입은 검은색 양복, 흰셔츠, 검은색 넥타이를 매고…. 처음 명하를 알아본 사람은 분위기로 봐서 외교관인 이모부였다. 이어 그녀의 부모님을 만나고 분향을 했다. 여기저기서 명하를 보고 수군거리는 사람들이 있었지만 그는 그곳에서 고인의 유일한 마지막 남자 대우를 받았다. 명하가 불편할 정도의 사위 대접이었다. 중희의 어머니 아버지가 소개하는 사람들에게 인사하는 게 힘들었다. 각계의 쟁쟁한 사람들이었다. 중희의 부모님과 일가친척들도 다들 한가락 하는 사람들이었다. 그런 집안의 그녀가 왜 그토록 자신을 좋아했는지….

"불편하지는 않아요?"

잠시 머리 좀 식히려고 밖으로 나왔는데 처음 본 여자가 말을 붙여왔다.

"누구시죠?"

"닥터 원입니다. 중희가 한 달 전 더 이상 고통을 이기지 못하고 병원에 입원하기 전에 절 찾아와 뭐 하나 맡기면서 명하 씨 얘기 했어요."

"아, 예. 중희가 뭘 맡겼다는 말입니까?"

"그 물건은 명하 씨에게 전해 줄 게 아니고 윤정미 씨에게 때가 되면 전해 주라고 했어요."

"정미에게… 혹 정미 딸 받으신 선생님이신가요?"

"예, 맞아요. 역시 뭐가 달라도 다르시네요."

"무슨?"

"다른 남자들 같으면 내 딸이라고 했을 텐데."

"뭐가 다를까요. 저도 하나 보고 싶습니다. 중희가 싫어하겠지만…."

둘 사이에 잠시 침묵이 흘렀다.

"명하 씨 프랑스 언제 가세요?"

"프랑스요?"

"저보고 명하 씨 프랑스 가나 안 가나 지켜보라고 했어요. 약속했다면서요? 명하 씨는 대한민국에서 아무것도 못해요. 정미 씨의 남자도, 하나의 아빠도, 작가도…. 이 나라 사람들 죽어라 책 안 읽으니 아마 한 20년 후쯤 되면 소설가라는 직업이 없어질지도 모르니까요. 명하 씨는 무명작가에 출판금지 상태잖아요. 프랑스는 유럽의 중심이고 인종에 편견을 두지 않죠. 중희가 명하 씨 책을 주어 읽어 보앉죠. 넓은 곳에 가서 뜻을 펼치세요."

그 말을 끝으로 닥터 원은 가 버렸다. 출구 없는 좁은 감옥에 있는 것처럼 답답함이 덮쳐왔다. 자신과 정미를 같은 하늘 아래 두고 싶지 않은 중희의 뜻이 아니더라도 정말 이 나라를 떠나야 답답함이 해결될 것 같았다. 문상을 마치고 가는 사람들 특히 여자들이 명하를 보고 수군거렸다.

"입관한다고 들어오시랍니다."

뒤에서 들리는 소리에 명하가 몸을 돌렸다. 조문을 받던 중희의 조카가 거기 있었다.

"입관한다고요?"

"예."

명하가 고개를 끄덕이며 그 조카와 함께 입관실로 향했다. 고인의 가까운 가족들과 장례사 두 사람이 입관 준비를 끝내고 명하를 기다리고 있었다. 중희의 아버지가 장례사에게 고개를 끄덕이자 입관 절차가 시작되었다. 장례사가 간단히 한마디 하고 능숙하게 염을 시작했다. 명하는 가슴이 답답하고 숨이 막혀 오는 것을 느꼈다. 개도 안 물어가는 사랑 그게 뭐라구. 사람들은 사랑을 할까… 사랑이 시작된 순간부터 인어공주가 꼬리 대신 선택한 발에 가해지는 고통처럼 아픔이 동반되는 사랑을 무엇 때문에 왜, 왜?

'중희야, 너 나 사랑 안 했으면 지금 거기 누워있지 않았을 수도 있어.'

중희의 어머니가 명하를 붙잡고 울었다. 결혼도 안 하고 바람녀로 소문났던 여자의 장례식에 구름처럼 몰려오는 사람들을 맞으며 명하는 정미 아버지 장례식이 생각났다. 살아생전 모든 것을 이루었다가 잃고 쓸쓸히 사라져간 정미 아버지…, 부모와 친지의 후광으로 결코 끝이 외롭지 않은 중희.

(37)

중희의 장례를 치르고 명하는 그 후유증에 시달렸다. 깡마른 몸으로 장례사들의 손에 여러 겹의 수의를 입던 그녀의 모습이 시도 때도 없이 눈앞에 아른거렸다. 밤에 자주 악몽도 꾸고 중희의 환청까지 들렸다. 한 일주일 지나면 잊어지겠지 했는데 생각보다 후유증이 몇 주 동안 이어졌다. 그리고 한 씨 사건이 후유증을 잠재웠다. 매주 목요일이면 외박을 하던 한 씨가 수요일에 나갔다. 명하는 한 씨의 하루 빠른 외박이 왠지 불안했다. 그 예감은 불행하게도 맞았다. 보통 외박 다음날 근무시간 오전 9시 전까지 어김없이 돌아왔던 한 씨는 돌아오지 않았다. 조금 있으면 돌아오겠지… 올 거야, 그렇게 기다린 시간이 오전을 다 삼켰다. 명하는 할 수 없이 정문 수위 박 씨에게 한 씨의 얘기를 했다. 명하가 박 씨 아저씨라고 부르는 수위는 불어를 조금 하고 나이는 한 씨와 비슷했다.

"나두 한 씨 걱정되어 전화해 봤는데 전화기가 꺼져 있어."

수위 박 씨의 말에 명하는 걱정이 더 쌓였다. 그동안 한 씨의 교육을 잘 받아 혼자도 모든 업무를 할 수는 있지만 그 사람에게 무슨 일이 생겼을까 불안했다. 해가 아직 서산에 걸려있는 오후 5시쯤이었다. 먼저 뉴스에 나오고 문화원에서 확인하는 절차로 한 씨는 명하의 곁을 떠났다. 하루 먼저 내연녀를 찾은 한 씨는 자신의 여자가 웬 사내와 침대에 알몸으로 누워있는 것을 목격하고 주방에서 칼을 가져와 두 남녀를 죽이고 나서 스스로 경찰에 자수했다. 한 씨의 사건은 문화원을 한동안 시끄럽게 했다.

명하의 파트너로 새 사람이 들어와 일을 시작했지만 모두가 일주일을 못 넘기고 그만두었다. 명하는 일에 리듬이 깨져 신경이 예민해졌다. 일은 일대로 힘들고 모든 책임은 명하의 몫이었다. 그 걱정거리가 중희의 장례 후유증을 쫓아 버렸다 월급날짜가 돌아오고 한 씨의 여 조카가 찾아왔다. 명하가 신원보증을 하고 한 씨의 보름치 급여를 싸가지여 조카가 수령을 했다.

"돈 좀 줘봐!"

한 씨의 조카가 가지 않고 명하를 따라오며 입을 열었다.

"지금 뭐라구 한 거요?"

명하가 걸음을 멈추고 뒤돌아서며 물었다.

"삼촌에게 얘기 다 들었거든. 아저씨 빵 출신이라며…."

"그래서?"

"매달 월급에서 반만 내놓으면 문화원에 찌르지 않을게."

명하는 기가 막혀 그 여자와 더 이상 말을 섞고 싶지 않았다. 협박하는 그 여자보다 남의 뒷조사를 하고 함부로 발설한 한 씨에 대한 적개심이 더 컸다. 명하가 지하 기계실로 들어서며 철문을 닫아 버렸다. 문 밖에서 그 여자의 악쓰는 소리가 났다. 그리고 일주일 후 명하는 문화원에서 해고되었다. 한 씨의 조카가 문화원에 자신의 과거를 고발할 것이라고 짐작했지만 그렇다고 문화원에서 해고할 줄은 명하는 몰랐다. 자신은 죄가 없고 그동안 성실히 근무했는데 결과는 해고라니…. 명하는 문화원에 아무 항의도 않고 그냥 짐을 쌌다. 커다란 배낭을 지고 박스를 양손에 들고 거리로 나온 명하가 걸음을 멈추었다. 어디로 가야지…, 어떻게 해야지…? 열다섯 살 때 처음 겪은 일이다. 갑자기 세상이 싫어지고 사람들이 무서워졌다. 택시를 타고 가장 가까운 시외버스 터미널에 내렸다. 주중 오전이라 터미널 대합실은 한산했다. 무작정 발길 가는 대로 발매 창구 앞에 섰다. 명하의 앞에는 아무도 없었다.

"탁탁탁!"

발매 창구 안의 여자가 손으로 바닥을 치며 표를 사라고 재촉했다.

"지금 바로 출발하는 걸로 한 장이요."

명하는 오만원권 한 장을 좁은 창구에 넣으며 말했다.

"어디라구요?"

"바로 출발하는 걸로 아무거나…."

명하의 말이 끝나기도 전에 발매원이 표 한 장과 잔돈을 내밀었다. 표를 챙겨 보니 목적지가 금동이었다.

"금동, 출발, 금동, 금동."

명하가 짐과 표를 들고 플랫폼으로 나가자 모자를 쓴 안내원이 목청 크게 소리쳤다. 명하가 짐을 버스 하부 짐칸에 싣고 버스에 오르자 차가 바로 움직이기 시작했다. 충북 금동… 영산이 지척이다. 마음만 먹으면 걸어서라도 갈 수 있는 곳이다. 정미의 친부가 충북 음성에서 말년을 보낸 얘기를 그녀로부터 들었을 때 명하는 영산이 떠올라 가슴이 철렁 했었다. 그때도 우연이고 지금도 우연인가? 윤정미 그녀의 출생과 자신의 출생이 묘하게 많이 닮았다는 것을 새삼 느끼게 하는 순간이었다. 서로 비슷한 상처 때문에 잘 통하고 이해할 수 있을 것 같았으나 그것은 어디까지나 희망이었다.

상처 있는 영혼들…. 우리에 상처 입은 동물 두 마리를 넣어두면 서로의 상처를 물고 늘어진다고 했던가? 인간이라고 뭐가 다를 게 있을까? 차창에 기댄 명하의 얼굴에 눈물이 흘러내리고 있다. 도대체 어디서부터 어떻게 잘못된

생이었을까?

영산 사람이라면 누구나 다 아는 사람이 둘 있었다. 새해
달력에 자신의 얼굴을 넣어 집집마다 하나씩 돌리고 어린
이들에게도 자신의 얼굴이 들어간 책받침을 하나씩 돌리
는 사람, 그 사람은 영산의 국회의원이었다. 그리고 또 한
사람, 영산 제원에 살고 있는 우병률 이라는 사람이었다.
영산에서 인삼 농사를 가장 많이 하고 인삼 조합장을 맡고
있는 갑부였다. 명하가 다니는 초등학교의 육성회장에 명
하와 같은 반 우선희라는 여자애의 아버지였다. 우선희는
그 학교의 공주였다. 항상 화려한 원피스에 반짝이는 에나
멜 구두를 신었다. 허리까지 내려오는 긴 머리에는 하얀색
머리띠를 하였는데 명하가 보는 눈은 얼굴과 전혀 어울리
지 않았다. 예쁘지도 못생기지도 않은 평범한 얼굴인데 성
격은 보통이 아니었다. 명하는 1학년 때부터 4학년 초까지
한 반이었다. 자기 마음에 안 들면 수업시간에도 집으로 가
버리는 행동에 담임선생들도 힘들어 했다. 명하도 선희가
마음에 안 들었지만 그 애의 못된 행동에도 오빠의 마음으
로 웃으면서 넘겼다. 명하가 선희를 동생처럼 생각하게 된
것은 2학년 때 둘이 싸우고 나서부터였다. 누구나 선희하

고 싸워서 이기면 큰일이었다. 누구의 딸을 이기겠는가. 그럼에도 명하는 혼날 각오를 하고 대판 싸웠다. 선희는 대성통곡을 하며 집으로 갔지만 그 애의 부모는 학교에 오지 않았다.

명하는 집에 가서 엄마에게 우병률 조합장의 막내딸 선희와 싸운 얘기를 하였고 학교에서 엄마를 오라가라 귀찮게 할 거라고 미리 말했지만 엄마는 말없이 웃기만 했다. 다음날 담임은 명하와 선희를 조용히 교무실로 같이 불렀다.

"우씨들은 다 친척이다. 명하가 선희보다 한 살 많으니까 오빠답게 잘 해 알겠지?"

우씨들은 다 친척이다. 그 말은 명하에게 큰 변화를 주었다. 명하에게는 형제도 없고 아버지도 없었다. 그런데 우씨가 다 동기간이란다. 영산 사람들이 다 아는 인삼 조합장이 친척이라니 얼마나 좋은가. 그 막내딸이 심술 좀 부리면 어떠랴. 참지, 참는다. 오빠 같은 마음으로…. 때로는 선희가 명하를 괴롭혔지만 명하는 몇 년을 잘 참았다. 그리고 두 사람이 헤어지게 된 사건이 4학년 초에 생겼다. 명하와 선희는 또 같은 반이 되었고 문제의 봄 소풍을 갔다. 원을 그리고 앉아 즐기는 수건돌리기 오락을 했다. 술래도, 지기도 싫어하는 선희가 무리하다 넘어져 무릎을 심하게 다쳤다. 걸음을 걸을 수 없었고 빨리 치료를 해야 할 것 같았다. 누군가는 선희를 우 조합장 집으로 업고 가야 했다. 남자 아이가 놀림을 감수하고 죽을 힘을 써야 할 일이었다. 부잣집 막내딸이라 잘 먹은 탓인지 선희는 또래 여자 아이들보다 머리 하나는 더 컸다. 명하가 선희 앞에 등을 돌리고 앉았다. 그렇게 명하는 무거운 선희를 업어 집에 데려다 주었다. 그런데 선희는 명하에게 고맙다는 말 한마디 없이 다른 반으로 가 버렸다. 무엇이 마음에 안 들었는지…. 육성회장 딸이라 학기 중에도 다른 반으로 갔다. 그 일로 명하는 반 친구들의 눈총을 받으며 지냈다. 선희는 자기를 떠받들고 좋아하는 반 아이들에게 과자도 잘 사주고 자기 생일 때면 집으로 초대했다. 물론 거기에 명하는 매번 빠졌다. 명하와 다른 반으로 간 선희는 서로 얼굴 볼 일이 없었고 그해 가을 선희의 아버지 우 조합장이 심장마비로 죽었다. 아침 조회도 없는 날인데 모이는 종이 울리고 조회를 했다. 교장선생님이 직접 육성회장의 부의를 전했고 학생들과 선생님 모두가 단체 묵념을 했다. 명하는 하루 종일 묘한 기분에 싸여 공부가 제대로 되지 않았다. 그 느낌은 집에서 마침표를 찍었다. 학교에서 돌아오면 늘 말없이 웃음으로 반겨주던 엄마가 없었다. 집이 텅 비어있는 느낌이 들었다. 방에 들어가 가방을 던지듯이 놓았을 때 책상위에 접은 쪽지 편지가 눈에 들어왔다. 명하가 번개같이 쪽지를 집어 펼쳤다.

'명하야 미안하다. 엄마를 찾지 마라. 네 아버지는 우병률 조합장이다. 아버지 장례식 끝나면 제천 외삼촌 찾아 가 거라. 엄마가 외삼촌에게 돈 준 게 있으니 고등학교까지는 가르쳐 줄 거다.'

몇 줄 안 되는 글자가 태산으로 변해 명하를 누르기 시작 했다. 아버지에 대해 엄마는 말해주지 않았다. 아버지도 없 는데 명하는 부족함 없이 커 왔다. 그 풍요의 후원자가 우 조합장이고 아버지였다니…. 비바람을 막아주고 양식을 주 었던 그 사람이 죽은 지금, 엄마는 새 둥지를 찾아 뒤도 안 돌아보고 떠나 버렸다. 명하는 혼 나간 사람처럼 멍하니 몇 시간을 마루에 앉아 있었다. 혹시라도 엄마가 돌아올지 모 른다는 기대감을 안고서…. 그러나 엄마는 끝내 돌아오지 않았다. 명하는 생전 처음으로 혼자 하룻밤을 보내고 선희 네 아닌 아버지 집으로 갔다. 사람들의 눈길이 모두 자신에 게 쏠리는 것을 알 수 있었다.

'아! 사람들이 내가 우 조합장의 아들이라는 것을 알고 있었구나.'

그러나 명하는 그 집 대문을 넘지 못했다. 큰형님, 아니 선희의 큰오빠 우동원이라는 사람에게 목덜미를 잡혀 골 목 밖까지 끌려 나왔다.

"가, 임마! 너 같은 동생 둔 일 없으니까 썩 꺼져버려."

명하는 영산이 떠나가도록 큰 소리로 울면서 빈 집으로 돌아왔다. 얼마를 울었을까. 명하는 집에 있는 제일 큰 가

방에 옷을 넣었다. 돼지저금통을 갈라 차비를 마련한 명하
는 옷가방과 책가방을 들고 제천으로 향했다.

'포도의 고장 금동에 도착했습니다. 잃으신 물건 없이 안
녕히 가십시오.'
버스가 터미널에 멈추고 기사가 안내방송을 했다. 명하
가 눈을 감고 잠시 어릴 적 추억 여행을 하는 동안 그의 여
정도 끝나 있었다.
'어디로 가야지?'
터미널 직원이 짐칸에서 꺼내준 배낭과 박스를 양손에
든 명하가 사방을 둘러보았다.
"양강, 양강 3분 후에 출발."
완장을 찬 체격 좋은 사람이 문을 열어 놓은 채 대기하고
있는 버스 앞에서 소리쳤다.
"양강이 어딥니까?"
"예… 아저씨 일당 일 구해요?"
명하의 물음에 그 사람이 잠시 명하의 행색을 살피더니
되물었다.
"예, 뭐….""
"거기 포도 과수원 많으니까 이거 타시면 됩니다."
그 버스는 시골행이라 하부에 짐칸이 없었다. 명하는 짐
을 메고 들고 그대로 버스에 올랐다. 버스는 바로 출발했

다. 버스가 시내를 벗어나자 반쯤 열려진 창문 사이로 신선한 공기가 들어오고 제법 시골냄새가 났다. 포도밭에 설치한 비 가림용 비닐이 이채롭게 빛나고 있었다. 버스는 20여 분 만에 양강이라는 곳에 도착했다. 면소재지 같았는데 웬만한 읍내 정도로 번화했다. 버스에서 하차한 명하는 큰 산이 보이는 방향으로 길을 따라 걸었다. 마을에 일당일이 있으면 하고 없는 날이면 산에 들어가 약초며 산삼을 캐 볼 심산이다. 버스에서 내려 5리는 넘게 걸은 것 같았다. 길 옆 포도 과수원에서 여러 사람들이 모여 참을 먹고 있었다. 오후 1시 반이 넘어가고 있었다. 아침도 거른 명하는 밥 먹는 사람들을 보자 허기가 급격히 왔다.

"저, 말씀 좀 묻겠습니다."

명하가 걸음을 멈추고 참 먹는 사람들을 향해 입을 열었다.

"무슨 일이당가?"

여러 사람들 중에 이미 밥을 다 먹은 사람이 건성으로 되물었다.

"여기 이장님 댁이 어디죠?"

"이장 집은 와?"

'와…', 사투리라고 하기에는 거부감이 있는 말투였지만 명하는 웃으면서 다시 입을 열었다.

"일당 일 좀 하려고 합니다."

"일을 하겠다고… 고향이 어디당감?"

"영산입니다."

"영산이라구?"

건성으로 말하던 그 남자는 영산이라는 말에 얼굴에 미소를 지었다.

"예."

"어이! 우사장, 여기 고향사람 왔네 그려."

그 사람은 고개를 돌려 뚝배기 그릇을 챙기는 중년 여자에게 말했다. 그 여자의 옷차림은 일꾼들과 달랐다. 여자가 명하 쪽으로 고개를 돌렸다. 명하를 본 여자가 놀라는 것 같았다. 그리고 손을 털고 일어나 명하에게로 가까이 왔다.

(39)

"명하 아냐, 우명하 맞지?"

그 중년의 여자가 명하를 알아보았다. 명하는 난감했다. 상대가 자신을 알아보는데… 나이로 봐서는 동창쯤 되는데, 영산이 가까우니까 여기 와서 사는 친구도 있겠지. 그때 순간적으로 여자의 오른쪽 목에 콩알 만한 점이 보였다. 명하는 여자를 알 것 같았다.

"선희니?"

그 여자는 우선희였다. 선희가 명하를 안았다. 일꾼들의 시선이 일제히 두 사람에게 쏠렸다.

"정말 명하야…? 그래, 명하네. 옛날 얼굴 선이 남아있네."

선희가 명하의 얼굴을 매만지며 눈물을 글썽였다.

"이제는 나이도 먹었는데 오빠라고 불러야지!"

"오빠는 무슨, 잠깐만….."

선희는 일꾼들이 다 먹은 뚝배기 그릇들을 커다란 함지박에 모았다. 명하가 자신의 짐을 내려놓고 선희의 함지박을 들었다. 선희가 길 옆에 주차된 승합차의 뒷문을 열었다. 명하가 함지박을 싣고 선희와 함께 나머지 그릇들을 챙겨 차에 실었다. 명하는 자신의 짐을 마지막으로 실으며 승합차 옆의 글씨를 보았다. '영산 삼계탕'

"식당 하나봐?"

운전하는 선희 옆자리에 앉은 명하가 조심스럽게 물었다.

"으응, 닭으로 만드는 음식은 다 해… 내가 알기로는 교도소에 있는 게 맞는데 어떻게 된 거야?"

"탈옥수는 아니니까 걱정 마."

"그래, 차차 얘기하자."

승합차는 명하가 걸어온 길을 달려 양강 면 소재지 중심 어느 건물 앞에 멈추었다. 종업원들이 나와 그릇들을 식당 안으로 들고 들어갔다. 명하도 안으로 들어가 홀 구석진 자리에 앉았다. 선희가 손수 삼계탕 한 그릇을 가져와 명하 앞의 식탁에 놓았다.

"꿈만 같다!"

"어서 먹어. 오늘 종일 굶은 것 같은데."

맛있게 삼계탕을 먹고 있는 명하와 그 모습을 웃음을 머금고 바라보는 선희를 보고 종업원들이 수군거렸다.

"종업원들이 날 보는 게 곱지가 않네?"

"나 남편과 사별한 지 15년쯤 됐어. 남자에게 관심 없던 내가 너랑 앉아 있으니 좀 그렇겠지."

"자꾸 너, 너, 할래? 오빠라구 부르기가 힘든 거야, 아니면 인정하기 싫은 거야?"

"둘 다."

"내 소식은 어떻게 안 거야? 뉴스 보고 알기는 쉽지 않을 테데."

"큰아들이 경찰대 출신 경찰이야. 뉴스에 나온 사람이 너 같아서 한번 알아 봤어."

"실망했니?"

선희가 대답 대신 도리질을 했다. 명하가 국물까지 다 마시며 식사를 끝냈다.

"한 마리 더 줄까?"

"아냐, 아냐. 나 배불러."

명하가 뒤로 물러나며 손사래를 쳤다. 선희는 명하를 조용한 내실에서 쉬게 했다. 간만에 깊은 잠을 잔 명하는 흔드는 손길에 눈을 떴다.

"같이 집에 가자."

명하가 홀로 나오자 종업원들이 하루 일과를 끝내고 있었다. 밖은 이미 한밤이었다.

　"영산 큰어머니와 형제들은 다들 무고하신가?"

　승합차가 출발하자 명하가 선희를 돌아보며 물었다.

　"한 40년만이지, 우리?"

　"벌써 그렇게 됐나?"

　"아버지 돌아가시고 결혼한 큰오빠와 큰언니가 재산 분쟁을 벌였지. 엄마가 화병이 나셨어. 나 고 2 때 엄마가 돌아가시고 난 대학도 못 갔어."

　"막내 신세가 말이 아니었네."

　명하가 힘없이 한마디 했다.

　"응. 막내 신세 부모님 살아 계실 때와 돌아가시고 난 후 천당과 지옥 차이 같았어. 엄마까지 없으니까 서로 싸우는 게 더 심했지. 재산은 모두들 탕진해 바닥나고… 나 스물둘에 시집오고 영산 발길 끊었어."

　"사람으로 사는 게 싫어 인두겁을 쓴 짐승들이 되었군."

　"소설가라고 말 한번 잘 하네."

　"아들에게 들었어, 나 소설 쓰는 거?"

　"응. 제천 가서는 잘 살았어?"

　"외삼촌 집에 가서… 겨우 중학교 보내 주더군. 휴일이면 농사일 하고 방학 때면 산에 가 살았어. 약초 캐 학비 버느라구. 나 중학교 3학년 때 산삼도 캤다. 그것도 세 뿌리나."

"그러니 금동 산삼이 안 남아 나지."

얘기하는 사이 선희의 집에 도착했다. 집은 아담한 양옥이었다.

"혼자 지내는 거야?"

집안에 들어선 명하가 둘러보며 물었다.

"둘째 아들은 올봄 입대했고, 딸은 대전에서 의대 다녀. 샤워 해, 난 안방 욕실 쓰면 돼."

명하가 웃으며 고개를 끄덕였다. 두 사람은 샤워를 하고 거실에 마주앉았다.

"오늘 하루만 신세 질 게."

"그게 무슨 소리야. 어디 지낼 곳 있어?"

"없지만, 너 불편하고 다른 사람들 이목도 생각해야지."

"알았어, 알았다구. 오빠라구 부르고 동네 사람들에게 공표할게."

명하가 빙그레 웃었다.

"웃는 모습은 여전하네. 남자 아이들은 열에 아홉은 냄새나고 까까머리였는데 오빠는 귀를 덮는 머리를 찰랑거리며 좋은 냄새와 그 눈웃음으로 여자애들 애간장 녹인 거 알아?"

"홀아비 냄새 풀풀 풍기는 내가 그런 때가 있었나?"

"다른 남자애들은 다 내 앞에서 꼬리 내리는데 오빠만 고자세였어."

"그래서 2학년 때 대판 싸웠잖아."

"오빠도 기억하나 보네? 나 그때 오빠가 나와 한 핏줄이라는 거 알았어. 엄마가 오빠 혼내주러 가려는데 아버지가 명하도 내 자식이야 그렇잖아."

"빨리 알았네. 난 아버지 돌아가시고 엄마가 편지에 써놓아 알았지."

"그때부터 오빠에게 더 못되게 굴었지. 봄소풍 가서 다친 나 업고 온 거 기억나?"

"어떻게 그 일을 잊겠니? 그 일로 너 다른 반으로 갔잖아."

선희가 잠시 입을 닫고 생각에 잠겼다. 명하는 오래 전부터 궁금해 하던 얘기를 들을 수 있을 것 같았다. 왜 선희가 다른 반으로 갔는지….

"오빠 등에 업혀 오면서 다친 다리보다 마음이 더 아픈 거 있지? 입학하는 날부터 내가 얼마나 좋아했는데. 오빠와 이성 사이에서 많이 힘들었어. 많은 시간 정 떨어지라고 오빠에게 못되게 굴었는데 그럴수록 오빠는 내게 더 친절했잖아. 그래서 차라리 안 보자. 그래서 다른 반으로 간 거야."

명하가 고개를 끄덕이며 말을 이었다.

"난 2학년 때 싸우고 나서 선생님이 우씨는 다 동기간이라구 해서 잘해 준 건데."

"엄마 돌아가시고 고등학교를 졸업하네, 못 하네 할 때 정말 힘들었어. 보고 싶고 위로 받고 싶어 무작정 제천에 갔었어."

"나 원주 문막에서 직업훈련소 다닐 때 왔었구나?"

두 사람은 한 동안 미소만 지으며 침묵했다.

"오랜 만에 추억여행 하니까 좋다, 그치?"

"그래, 무작정 떠나왔는데 너를 만나 좋다."

"엄마는?"

"아버지 돌아가시던 날 떠나고 한 번도 못 봤어. 가끔 그립지만 어떻게 하겠어? 새 가정 꾸리고 잘 사시겠시…. 아, 피곤하네, 그만 자야겠다."

일어나는 명하의 얼굴에 슬픈 그림자가 있는 것을 선희는 보았다. 명하와의 어릴 때 기억도 생생하지만 명하 엄마에 대한 기억도 또렷하다. 달력 사진에 나오는 유명 여배우 뺨치는 외모에 아담한 체구, 인자한 미소로, 그녀가 학교에 한번 오면 학생들과 선생들이 얼굴을 보려고 야단이었다. 그녀는 자신뿐 아니라 판박이 아들도 언제나 깔끔하게 차려 입혀 학교에 보냈다. 그 외모와 성격에 맞게 단칼에 모자의 정을 정리하고 새 삶을 찾아 가다니…. 선희는 자신의 팔에 소름이 끼친 것을 보았다.

명하는 큰아들이 쓰던 방으로 들어갔다.

(40)

선희는 아침 밥상을 차리며 명하를 불렀다. 명하가 잠시 후 정장을 하고 나타났다.

"아버지 뵈러 가려구?"

"마음이 통했네. 밥 먹으며 아버지 산소에 가자고 얘기하려고 했어."

"누가 막지는 않겠지?"

명하가 정장이 불편한지 몸을 이리저리 움직이며 말했다.

"그럴 사람 이제 없어."

두 사람은 아침을 먹고 간단한 제수용품을 마련해 가지고 영산으로 향했다. 영산은 많이 변해 있었다. 우씨 가문 선산은 명하의 모교를 지나쳐 가야 하는데 모교가 보이지 않았다.

"방금 지나친 우측이 우리 학교 자리가 맞는 거 같은데…?"

명하가 중얼거리듯 말했다. 학교가 있어야 할 자리에 냉동 창고가 버티고 있었다.

"맞아. 우리가 다닌 학교 자리 맞아. 학생 수가 많이 줄어 오방리에 있는 중학교와 통합 되었어."

"그래…? 뭔지 모르게 섭하네."

도로 옆에 차를 주차하고 선산으로 향했다. 명하가 짐을 들고 앞서 오르고 선희가 카메라 백을 집어들고 뒤 따랐다. 두 사람은 묘에 도착하여 간단한 음식을 차려놓고 절을 했다.

"아버지… 아버지가 판검사 감이라고 늘 말씀하시던 명

하오빠 왔어요."

"아버지, 아버지 명하 왔어요. 이제야 찾아뵙지만 아버지를 잊은 적은 없습니다. 호주에 있는 연주와 어린 하나, 아버지께서 보살펴 주세요."

명하가 잔을 올리며 얘기하는 동안 선희는 카메라 셔터를 연속으로 작동시켰다.

"음복 한 잔 할래?"

제가 끝나고 선희가 술병을 들며 말했다.

"나 술 거의 안 해. 사진은 언제부터 찍은 거야? 많이 잡아본 솜씨네."

"결혼하구. 남편의 유일한 취미였어. 1년에 카메라 한두 번 잡나…. 딸이 둘이야?"

"그래. 큰딸은 21살, 호주로 이민 가고 서울 사는 딸은 4살이야. 엄마가 달라."

"어이구, 누구 아들 아니랄까봐!"

"그런 거 아냐."

명하의 표정이 굳어졌다. 두 사람의 선산 대화는 거기서 끝났다. 돌아오는 길에 선희가 객쩍인 질문을 하여도 명하의 표정은 풀리지 않았고 대답도 없었다. 선희는 금동에 들러 장을 보았다. 그리고 저녁 장사를 접고 마을회관에서 사람들에게 술과 떡, 고기 등을 푸짐하게 대접했다. 그 이유는 오빠 우명하를 마을 사람들에게 소개하는 게 목적이었다. 선희는 명하가 식당일을 도와주길 원했지만 명하는 마을 일당 일을 다녔다. 그는 어느 집에 가서 일을 하여도 내일처럼 열심히 잘 했다. 마을 사람들에게 평판이 좋게 나서 거의 쉬는 날 없이 일을 했다. 포도 수확이 끝나고 나서도 가을 작목 덕분에 명하는 3개월 동안 안정적인 수입이 들어왔다. 그 3개월 동안 선희는 빨랫감을 핑계로 명하의 방을 출입하며 노트에 정리한 인생사를 몰래 훔쳐보았다. 엄마가 다른 나이 차이가 많은 두 딸의 얘기를 명하로부터 듣고 아버지와 똑같다고 말한 자신이 미웠다. 자신의 출생을 알기에 여자들에게 아픔 안 주고 자식들에게 상처 안 주며 살려고 노력했지만 아버지 삶과 별 차이 없는 인생을 살고 있는 자신을 책망하는 글까지 남긴 명하가 용기 있고 멋있게 느껴졌다. 미안하다고 말하고 싶었지만 노트를 훔쳐 본 것이 탄로날까봐 속만 태웠다. 언제 해야지, 언제 할까? 오빠라기보다 친구로서 빠른 시일 내에 하고 싶었다. 하지만 미안하다는 그 말은 끝내 못 하게 되었다.

"엄마, 나 집에 와 있어 빨리 와."

"지연아 무슨 일이니?"

선희 딸 지연은 엄마의 말이 채 끝나기도 전에 전화를 끊어버렸다. 일 년에 전화 한 번, 집 한 번 정도 오는 딸이 집에서 빨리 오라고 전화를 한 것이다. 선희가 깜짝 놀라 총알같이 집으로 갔을 때 집 거실은 엉망이었다.

"이게 뭐야?"

지연이 엄마를 보자 쏘아붙였다. 선희가 버티고 서 있는 딸에게 묻고 싶은 말이었다. 거실 바닥은 명하의 빈 가방과 물건들로 발 디딜 틈이 없었다.

"너, 이게…이거?"

선희는 어이가 없어 말이 안 나왔다.

"엄마가 웬 놈팽이와 산다는 소문 듣고 왔어. 그 작자 불러 당장 이거 들고 꺼지라고 해."

딸 지연이 몹시 흥분해 있었다.

"네가 뭘 오해했나 보구나. 이 물건 주인 네 외삼촌이야. 내 오빠라구. 이걸 어떡하지? 어떡해."

선희가 흩어진 명하의 물건을 모았다.

"외삼촌이라구? 내가 모르는 외삼촌이 또 있어? 지겨운 외삼촌이 또 있냐구?"

지연이 악을 썼다.

"이 삼촌은 그런 삼촌 아냐."

"다르겠지, 교도소 출신이니까. 내가 모르고 이러겠어?"

선희는 딸 얼굴을 한 번 보고 흩어진 명하의 물건을 배낭과 박스에 차곡차곡 정리했다. 딸이 이렇게 각오하고 왔다면 명하는 더 이상 이 집에 머물 수 없다는 걸 그녀는 알고 있었다. 그때가 오후 3시쯤이었다. 선희는 명하가 오늘 일하는 집으로 전화를 했다. 해가 저물어 돌아온다면 집에서 쫓겨나 노숙을 해야 할 판이었다. 명하는 이곳에 와 구입한 중고 자전거를 타고 급하게 귀가했다.

"오빠."

"무슨 일 있니? 딸인가? 엄마보다 미인이네!"

명하는 아직도 정리 중인 자신의 소지품들을 보고 놀랐지만 사진에서 본 선희의 딸을 알아보고 표정이 밝아졌다.

"오빠 미안해."

"이것 챙겨서 우리 집에서 나가 주시죠."

선희 딸 얘기에 명하는 자신의 귀가 잘못 된 줄 알았다.

"내가 뭘 잘못 들은 건가? 나보고 나가라니…."

선희는 급기야 눈물을 보였다.

"난 그쪽이 내 외삼촌이란 것도 믿을 수 없고, 설령 맞다 해도 필요 없으니 나가세요."

"의대생이라 했는데 메스보다 더 예리한 칼을 가슴에 품고 있군…. 엄마하고 싸우면 거품 물고 쓰러질 성격 같으니 내 나가지."

"엄마, 엄마가 얘기했어?"

"엄마가 말한 거 아니다."

명하가 나머지 물건을 가방에 정리하며 말했다.

"무례한 네 얼굴에 써 있잖아."

선희가 명하의 가방을 들고 집을 나가며 딸에게 말했다. 명하가 나머지 짐을 들고 선희의 뒤를 따랐다.

"어디다 방 얻어 줄까?"

선희는 핸들을 잡았지만 어디로 가야할지 몰라 명하의 생각을 물었다.

"어디 안 쓰는 빈 컨테이너 없니?"

"컨테이너에서 어떻게 살아. 돈 때문에 그래?"

"아니, 그냥 조용히 지내고 싶어."

선희는 명하의 얼굴을 한참 보다가 차를 출발시켰다. 선희의 승합차가 도착한 곳은 집에서 5백여 미터 정도 떨어진 대추나무 밭이었다.

"여기가 어디야?"

차에서 내린 명하가 둘러보며 물었다. 대추나무 사이로 15피트 정도 되는 낡은 컨테이너 하나가 눈에 들어왔다.

"우리 밭이야. 포도밭이었는데 관리하기 힘들어 대추나무를 심었어."

선희는 승합차 뒤 공구함에서 열쇠를 찾아 문을 열었다.

"좋네… 딱이다."

컨테이너 안에 짐을 다 옮겨 놓은 명하가 웃으며 말했다. 내부에 전기는 연결되었지만 텅 빈 깡통처럼 차가움이 감돌았다.

"오빠 둘이 돈을 좀 많이 빌려갔어. 물론 갚지 않았지. 딸에게 외삼촌은 그런 존재야."

"그런 일이 있었군."

두 사람이 같이 내부 청소를 하였고 선희가 싱글 침대와
옷장 하나를 사다 주었다. 침구는 명하가 쓰던 것을 집에서
가져왔다.

(41)

선희는 명하가 컨테이너 생활을 불편 없이 하는 게 왠지
싫었다. 눈에서 멀어지면 마음에서 멀어진다고 하루가 멀
다 하고 올 것 같았지만 한 달에 한두 번 들르는 자신이 참
이기적이라고 느꼈다. 아직 마을에 일거리가 많이 남아 있
는데 명하에게 일을 부탁하는 집은 이제 없었다. 선희는 마
을에 명하에 대한 안 좋은 소문이 돈 것을 알았다. 그리고
그 소문의 진상이 딸 지연이라는 것을 알고 몇 시간을 혼자
울었다. 미안해서 자주 가 보았지만 일감이 없었긴 명하는
거의 산에 가 살았다.

'와선당'

오랜만에 명하를 보러 온 선희는 열쇠로 문을 열려다 걸
려있는 목판 문패를 보았다. 냄비에 담아 가지고 온 삼계탕
을 휴대용 가스렌지에 올려놓았을 때 하산한 명하가 들어
왔다.

"바쁜데 뭐하러 왔니?"

명하가 배낭을 조심스럽게 내려놓으며 말했다.

"보고 싶어 왔지."

"그래 마침 잘 왔다. 오늘 개시했는데 좀 팔아다 줘."

명하가 배낭에서 조심스럽게 이끼에 쌓인 산삼을 꺼내 공개했다. 선희가 삼을 보며 좋아했다.

"여기는 산삼보다 이른 봄에 춘란 캐러오는 사람이 많아."

"춘란?"

"춘란도 임자 잘 만나면 산삼보다 괜찮데."

"난 관심 없어. 삼 팔면 작은 나무 난로하고 겨울용 침낭 그리고 두꺼운 비닐 다섯 마 정도 사다 줘."

"알았어. 아, 문 옆에 명패는 뭐야? 와선당이라고 쓴 거."

명하가 웃었다. 선희가 데워진 삼계탕을 작은 식탁에 놓았다.

"신선이 편히 쉬는 집… 좋게 해석하면 그런 뜻이야."

명하가 삼계탕을 먹으며 대답했다. 선희는 순간적으로 눈물이 왈칵 나오려는 것을 억지로 참았다. 10대 초반부터 떠돌이나 다름없는 삶을 살아온 명하에게 어울리는 집 이름인데 얼마나 편한 삶을 원했으면 그런 이름을 생각했을까?

"오빠가 무슨 잘못이라고 이렇게 살아. 세상을 향해 외쳐봐. 내가 무슨 잘못을 했냐구? 난 죄가 없다고, 나만큼 순수한 사람이 어디 있냐구?"

선희가 외치듯이 말했다. 그녀의 눈에서는 눈물이 그렁그렁했다.

"내가 애쓴다고 될 일이니? 세상이 나를 인정할 때 등을 돌렸던 진실이 바로 서겠지."

선희는 명하의 말에 고개를 끄덕였다. 울음이 나와 더 이상 있을 수 없을 것 같아 산삼이 싸인 이끼 봉지를 집어 들고 급히 나왔다. 명하는 겨울용 침낭을 구입하고부터는 산에서 거의 비박을 하며 지냈다. 평평한 땅을 골라 잔가지와 낙엽을 깔고 침낭을 놓으면 그곳이 방이었다. 지붕은 나뭇가지를 세우고 비닐을 덮으면 찬바람과 밤이슬을 막을 수 있었다.

추석에는 앞뒤로 일주일을 산에서 보냈다. 오랜만에 자식들과 시간을 보내는 선희를 위한 배려였다. 덕분에 오구만달 세 뿌리를 잡아 목돈을 만질 수 있었다. 산에 눈이 쌓여 마른 풀잎이 보이지 않을 때까지 명하는 그렇게 산의 일부가 되어가고 있었다. 산에 혼자 있을 때만큼은 마음이 편안했다. 한겨울 몇 달은 겨울잠을 자는 곰처럼 명하는 컨테이너 밖으로 좀처럼 나오지 않았다. 자신을 쫓아내려는 마을 사람들의 기세가 겨울바람보다 차갑게 몰아쳤다. 어쩌다 선희가 방문하면 들어오는 것도 모르고 난로 불이 꺼진 채 글을 쓰고 있었다. 선희의 입에서는 하얀 김이 나올 정도의 실내온도지만 글을 쓰는 명하의 얼굴에는 열기가 나고 있었다.

"설 명절에 또 사라질 거야?"

설을 일주일쯤 남겨두고 선희가 찾아와 가래떡이 든 바구니를 간이 탁자에 놓으며 말했다.

"가래떡이네. 난로도 있겠다, 잘됐네….."

명하는 혼잣말을 하며 가래떡 하나를 집어 뜨거운 난로 연통에 문질렀다. 길게 가래떡 과자가 만들어졌다.

"옛날 교실 생각나네."

선희는 만들어진 과자를 자신의 입에 넣어주는 명하를 보며 웃었다. 선희도 가래떡 과자를 만들어 명하의 입에 넣어주었다. 두 사람은 그렇게 말없이 과자만 만들어 먹었다.

설이 지나고 대보름을 이틀 앞두고 선희는 와선당 문을 두드렸다. 자신의 부담을 생각해서 남해로 여행을 떠났던 명하가 이미 돌아왔을 시간이었지만 컨테이너 안에서는 아무 기척도 없었다. 선희는 몇 번을 더 두드리다가 이상한 예감이 들어 열쇠로 문을 열고 안으로 들어갔다. 컨테이너 내부는 텅 비어 있었다. 열린 문으로 들어온 찬바람에 벽에 붙여놓은 쪽지가 펄럭였다.

'말없이 도둑이사를 가니 내가 죄가 많다. 멀리 떠나려다 시내에 연립 전세를 얻었다. 만약을 위해 주소를 적어 두마. 하지만 찾아오지 마라. 거의 산에서 살 거다. 대보름날이 생일이지? 선물 마음에 들었으면 좋겠다. 오빠 명하가.'

형광등 스위치 줄에 매달린 사파이어 목걸이가 선희의 눈에 들어왔다.

'오빠에게 염장 지르려고 혼자만 쏙 빼고 반 아이들 전부를 생일에 초대했었는데… 40여 년 만에 만나 몇 달이나 같이 있었다고 또 이별이야.'

선희는 오빠가 아닌 친구로서 명하와 영원한 이별을 한 느낌이 들었다. 생일이자 대보름날 가게를 쉬기로 했다. 자식들은 명절에 와 선물을 미리 주고 가더니 전화 한 통 없었다. 선희는 점심때가 다 되어 일어났다. 움직이기 싫은 날이었지만 척사대회가 열리는 회관에 나가 찬조금도 내고 음식하는 것을 도와주러 갔는데, 회관에 모여 술이 오른 사람들은 선희가 있는데도 명하의 전과에 대해 얘기가 끊임없이 이어졌다.

"우 사장 그 오빤가 오래빈가 우리 마을에서 안 내보내면 앞으로 장사에 지장 있을 거야."

"암, 좋은 게 좋은 거지."

"우리가 거시기하니까 싸게 가라구 그래."

선희는 입을 다물고 기다렸다. 잠시 후 면 지구대에서 순찰차가 도착하였고 경찰관 두 명이 내렸다. 선희가 부른 경찰이었다.

"우 사장님 무슨 일 있습니까?"

경찰의 물음에 선희가 무겁게 입을 열었다.

"저희 오빠 우명하 씨가 여기 사람들의 험담을 견디다 못해 이사를 갔습니다. 제 오빠에게 그런 잘못이 있는지 아니면 여기 사람들이 무고죄가 있는지 설명 좀 해 주세요."

"우명하 씨에게 전과 기록은 있지만 정당하게 석방된 사람입니다. 그 사람에게 험담하고 이런 식으로 쫓아 버리면 무고 혐의로 여러분은 처벌됩니다."

순찰차가 떠났다. 마을 사람들은 꿀 먹은 벙어리가 되었다. 선희도 차에 올랐고 만족한 미소를 머금고 차를 출발시켰다. 경위 아들이 명절 때 일러준 방법이었는데 오빠가 이사 가기 전에, 남들을 피해 산으로 도피하기 전에 이런 조취를 했다면 3월의 잔인한 봄을 피해 갈 수 있었을지 모른다고 후회하고 또 후회했다.

선희의 그 해 봄은 몹시 바빴고 따뜻하게 밀려왔다. 세상이 파란색으로 변하고 들꽃이 피면 명하 오빠와 같이 출사를 가고 싶었다. 다리 아프다고 그때처럼 업어 달라 하고 싶었다. 그냥 보면 되는데… 같은 금동에 살고 있는데 무엇이 바빠 찾아가지 못했을까?

너무나 따뜻한 3월이었다. 계절이 한 달은 더 빠르게 날아온 것 같았다. 하지만 겨울여왕의 칼날이 3월 말을 기다리고 있는 것을 그 누구도 알지 못했다. 선희 가슴에 평생 남아 있을 그날은 3월 마지막 토요일이었다. 오전에는 4월 말의 날씨였다. 너무나 따사롭고 화창했던 날씨가 오후 들어 비가 내리더니 기온이 뚝 떨어지고 있었다. 급기야 평지에는 진눈깨비가 내리고 산에는 눈이 하염없이 내리기 시작했다. 가게 일을 끝내고 밖으로 나온 선희는 한겨울의 한기를 느꼈다. 승합차에서는 히터를 켰다. 집에 도착했을 때는 가게 있는 곳과 표고 차 때문에 더 추웠다.

(42)

겨울옷을 다시 꺼내 입어야 할 날씨였지만 화창하게 개어 멀리 민주지산이 보였다. 산은 이제 막 푸른빛이 돌기 시작할 산이 아니고 완전한 겨울 설산으로 돌아가 있었다. 선희의 컨디션은 왠지 바닥이었다. 갑작스런 온도 변화 때문일 수도 있었지만 전에도 이런 기분을 경험했다. 누군가 자신의 몸을 바닥으로 끌어내리는 것처럼 무거웠다. 아버지, 엄마의 죽음을 학교에서 전해 듣기 전에 그랬고, 두 오빠와 언니의 죽음 때도 이랬다. 오후 들어 날씨가 예년 기온으로 돌아오고 산에 쌓인 눈도 이름 그대로 봄눈 녹듯 스르르 녹아 버렸다. 다음날 아침 기분은 더 엉망이었다. 핸들을 잡을 힘도 없었다. 택시를 불러 병원에 가 영양제를 맞기로 했다.

"날씨가 풀려 다행이죠?"

대절한 택시기사가 출발한 지 몇 분이 지나자 선희에게 말을 붙여왔다.

"예."

선희는 귀찮아서 그냥 건성으로 대답해 버렸다.

"엊그제는 민주지산에서 세 사람이나 얼어 죽었답니다."

"예?"

기사의 말에 선희는 번개가 자신의 몸을 갈기갈기 찢어 버리는 전율을 느꼈다. 좌석에 묻었던 몸을 일으켰다.

"춘란 캐러 왔던 사람들이랍니다."

기사의 다음 말에 선희는 안도의 한숨을 내 쉬었다. 바로 그때였다. 전화벨이 울리며 금동 지역번호와 모르는 전화번호가 떴다. 그녀는 무심코 전화를 받았다. 그리고 저쪽 음성이 들리기 전에 모르던 그 전화번호가 기억났다. 포도 납품한 돈을 찾아오던 남편이 강도를 만나 목숨을 잃었던 금동읍의 향촌병원이었다.

"우선희 씬가요?"

"예, 그… 그런데요?"

선희의 목소리는 떨렸고 자신도 모르게 이빨 부딪히는 소리가 났다.

"여기는 읍내 향촌병원 영안실입니다. 우명하 씨 보호자 되시죠?"

"예."

선희는 기어들어가는 목소리로 대답하며 머리를 흔들었다

'제발… 제발….'

"빨리 방문하여 고인이 맞는지 확인하고 장례 준비하시

기 바랍니다."

'이거였나, 이거였냐구….'

알 수 없는 운명의 멱살이라도 잡고 싶었다. 몸을 추스르려고 영양제 맞으러 읍내에 가는데 읍내 한 병원 영안실에 오빠이자 친구인 명하가 영욕의 삶을 접고 누워 있단다. 선희는 병원 못 미처 택시를 세우고 내렸다. 어제부터 한 끼를 제대로 먹지 못했다. 잘 아는 설렁탕집에 들어가 두 그릇을 비웠다. 오빠가 밥숟가락 놓았다는데 내 입으로는 밥이 잘 들어가고 있었다. 후들거리던 다리에 힘이 붙고 울기운도 생겼다. 조용한 안치실에 냉동 서랍 열리는 소리가 나고 하얀 시트가 덮인 사체가 선희의 눈앞에 나타났다. 직원이 시트를 젖혔다. 모든 짐을 다 내려놓은 편안한 얼굴로 명하가 잠자고 있었다.

"어떻게 된 거죠?"

선희는 솟구치는 슬픔을 억누르며 관계자에게 물었다.

"119센터로부터 고인을 인수받았습니다. 민주지산에서 어제 새벽 동사하였다고 합니다."

'동사라니? 명하 오빠가 얼어 죽어? 말도 안 되는 소리!'

한여름에도 산에 들어가면 겨울용 침낭을 휴대할 만큼 철저한 준비성이 있는 사람이 어떻게… 택시기사도 아는 사실을 자신에게 너무 늦게 알려진 사실을 어떻게 이해야 하는지 뭔가 있다는 느낌이 들었다.

"오빠를 인수인계한 119대원이나 사고를 조사한 경찰관의 연락처를 알 수 있을까요?"

"저희에게 누구도 연락처를 남기지 않았습니다. 저 여기 사인 좀…."

관계자가 내미는 서류에 선희는 서명을 했다.

"배낭이나 침낭 같은 유품도 전해 받은 거 없나요?"

"저희는 아무것도 전해 받지 못했습니다."

'뭐 이런 개 같은 경우가!'

찾아올 사람은 없어도 5일 장례 준비로 들어갔다. 영산의 선산 아버지 묘 아래에 명하 오빠 묘를 쓰기로 했다. 선희는 아들과 딸 그리고 동네 사람들에게 오빠 우명하의 부음을 알렸다. 자신들이 무슨 짓을 했는지 알릴 필요가 있었다. 장례기간 동안 가계 문을 닫았고, 식당 종업원들과 이웃 점포주 몇 명이 문상을 다녀갔다. 마을 사람들이 문상 오면 다 용서하려고 마음먹었는데 한 명도 오지 않았다. 남자들에게 어떤 말을 들었는지 몰라도 대부분이 친구인 부녀회 여자들도 코빼기 하나 보이지 않았다. 발인 전날 오전에 경찰 아들이 문상을 왔다.

"외할아버지와 많이 닮으셨네요."

아들이 오빠의 영정 사진을 보며 말했다.

"그렇게 보이니?"

"전 두 분 다 사진으로만 뵈어서…. 저, 어머니."

선희는 아들의 얼굴에서 보았다. 무엇인가 있구나.

"알았다. 너 곤란하게 하지 않겠다."

어두운 얼굴로 왔던 아들이 밝은 얼굴로 가면서 몰래 쪽지 하나를 주었다. 선희는 상주 휴게실로 들어가 쪽지를 펼쳤다.

'밖에 사복형사가 잠복해 있으니 각별히 주의하세요.'

선희의 눈이 커졌다. 쪽지를 촛불에 불 붙여 향합에 넣었다.

'명하 오빠 뭐라구 말 좀 해봐. 무슨 일이 있었기에 죽어서까지 감시를 받는 거야. 뭐라구 말 좀 해 보라구.'

아무리 생각에 생각을 해봐도 선희는 지금의 상황을 이해할 수가 없었다. 답답한 의문점은 계속되었다. 오후 2시경에 금발의 외국 여자가 방문했다. 그 여자는 얼굴은 서양인이었지만 체격은 동양인 모습으로 검은 정장을 하고 있었다. 이방인은 카톨릭식 조문을 했다. 선희는 외국인 조문객이라 선뜻 먼저 말문을 열지 못하고 있었다. 잠깐의 침묵이 흐르고 이방인 여자가 말을 하려다 시선이 입구 쪽으로 향했다. 선희도 따라서 고개를 돌렸다. 모르는 남자 세 명이 입구에서 안쪽을 살피다 두 여자의 시선을 피했다.

"잠깐만 이리 오시죠."

이방인 여자가 입구에 있는 남자들에게 손짓을 하며 한국어로 말했다. 발음과 억양이 조금도 어색하지 않은 표준어 발음이었다. 머뭇거리던 남자들이 선희와 이방인이 있는 곳으로 가까이 왔다. 아들이 알려준 사복형사들 같았다.

"예, 마리 보느씨."

사내들 중 한 사람이 이방인 여자에게 가볍게 목례를 하며 입을 열었다.

"가족에게는 알려줄 의무가 있다고 생각합니다. 그만 가세요. 더 이상 감시하면 대한민국 정부에 정식으로 항의할 겁니다"

이방인 여자의 말에 사내들이 서로 얼굴을 보며 눈짓을 주고받았다.

"알겠습니다. 우선희 씨도 아드님 앞날 생각하신다면 현명한 선택을 하시리라 믿습니다."

사내들 중 나이가 들어 보이는 남자가 선희에게 알 수 없는 말을 하였고, 말이 끝나자 두 여자에게 목례를 하고 모두 가 버렸다. 이방인 여자와 얘기가 길어질 것 같았다.

"이쪽으로 앉으세요. 마리 보느."

"아, 예, 제 이름은 마리 보느입니다. 주한 프랑스 대사관 직원입니다."

이방인 여자가 또박또박 자기소개를 했다.

"제 이름은 우선희… 이렇게 찾아 주시니 감사합니다."

선희가 먼저 악수를 청했다. 마리가 선희의 손을 잡으며 눈물을 글썽거렸다.

"우명하 씨, 우명하 씨."

마리 보느가 울면서 입을 열었다.

"우명하 씨가 우리 오빠데 오빠와 어떻게 아시나요?"

"우명하 씨, 저 때문에 얼어 죽었어요. 저에게 하나밖에 없는 침낭 주어서…."

"아니!"

선희는 터져 나오는 눈물을 참으려고 입술을 깨물었다. 선희는 마리라는 여자가 프랑스 문화원에 있을 때 알게 된 여자 친구라고 생각했다. 여자를 위하여 감옥을 가고 여자를 위하여 죽음을 택한 오빠가 바보 천치 같았다.

(43)

선희는 흐느끼는 마리에게 소주를 권했다. 마리는 소주 두 잔을 연거푸 마셨다. 가부좌에 소주 먹는 솜씨며 젓가락질도 제법 하는 마리를 보며 선희는 약간 놀랐다.

"한국생활 몇 년이나 했어요?"

"8년 됐습니다."

마리의 대답에 선희는 고개를 끄덕였다.

"한국생활 8년 된 프랑스 외교관 마리 보느… 어떻게 이런 일이 생겼는지 자세히 말해 봐요."

"3년 전부터 알고 지낸 한국 친구와 친구 남편을 따라 민주지산으로 춘란을 채취하러 왔어요. 산속으로 깊이 들어

가자 친구 남편은 우리와 헤어져 다른 곳으로 가고, 전 친구에게 춘란에 대해 공부하며 더 깊이 높이 오른 것 같았어요. 그런데 갑자기 날씨가 나빠지며 눈이 내리고 추워지기 시작했어요. 친구와 전 하산을 하기로 하고 급하게 내려오다 길을 잃었죠. 더 큰일은 그 와중에 제가 발목을 다쳤어요. 휴대전화가 안 돼 친구 남편에게 연락을 할 수 없어 친구가 남편을 찾아보기로 했어요. 하지만 친구는 몇 시간이 지나도 오지 않았고 산속에 밤이 찾아 왔어요. 춥고 배고프고 전 살려 주세요, 살려 주세요, 무작정 소리쳤어요. 얼마나 소리쳤을까, 이제는 추위도 못 느끼고 졸음이 오기 시작했죠. 잠들면 끝인데, 그때 후래쉬 불빛이 보이고 한 남자가 나타났죠. 전 그 남자의 등에 업혀 어디론가 갔어요. 그리고 그 사람이 주는 물과 비스킷, 쵸코바를 먹고 잠이 들었어요. 제가 눈을 떴을 때 저는 겨울용 침낭 속에 있었고 작은 비닐 천막이 추위를 막아주고 있었죠. 그리고 천막 밖에 한 남자가 몸을 웅크리고 앉은 채…, 미안합니다. 미안합니다."

마리는 얘기를 멈추고 또 눈물을 보였다. 선희는 마리의 얘기를 들으며 소주 몇 잔을 자작으로 비웠다. 문화원에서 알게 된 여자친구도 아닌데 어떻게 그럴 수 있는지 바보라고 해야 할지, 위대하다고 해야 할지.

"우리 오빠 대단하네요. 그런데 세상은 왜 그 사실을 모르고, 경찰들은 또 뭐죠?"

"그곳에서는 휴대폰이 터졌어요. 오빠와 저는 한 시간 만에 헬리콥터에 구조되었어요. 대전의 한 대학병원으로 날아갔어요. 저는 구조대원들에게 제가 도움 받은 일을 얘기했지만 하루가 지나도록 텔레비전, 신문 어디에도 그 분 얘기는 없었어요. 저는 은인의 이름이라도 알려고 물어물 어 오빠의 이름을 알게 되었죠. 우명하, 낯설지 않은 이름 이었죠. 그리고 그 얼굴도 기억났어요. 오빠가 프랑스 문화 원에서 일한 거 아세요?"

"예."

선희가 입술을 깨물며 대답했다. 정말이지 확 뒤집어 엎 고 싶은 세상이었다.

"문화원은 대사관 부속기관이죠. 어느날 투서가 들어왔 어요. 문화원에서 일하는 한국 남자에게 성폭행 전과가 있 다는 것이었죠. 우명하 그 사람의 뒷조사를 하여 보고서를 올린 사람이 저였어요. 저 많이 놀라고 고민했어요. 어떻게 성폭행자에게 그런 마음이 있었을까? 세상은 이 사실을 어 떻게 받아들일까?"

"마리, 당신은 우리 오빠를 어떻게 생각하나요?"

"전 우명하 씨의 가면이 드러나도 세상에 알리고 싶었어 요. 하지만 언론은 누구의 힘에 침묵하고 경찰들이 저를 감 시하는 것을 보고 오빠에게 처음부터 가면 같은 것은 없었다는 것을 깨닫게 되었어요. 제가 보고서를 작성할 때 우명하 씨를 문화원에 추천한 사람 이름을 보았죠. 저도 조금 알고 있는 외교관이었죠. 그때 제가 자세히 알아보고 보고서를 제대로 올렸다면 오빠는 지금….”

“그럼 지금 당신은 없겠죠.”

선희는 그 말을 하며 펑펑 울었다. 오빠의 죽음을 접하고 처음으로 크게 울었던 거 같았다. 그것은 슬픔의 눈물이 아니었다. 어릴 때부터 잘 안다고 생각했었는데 친구로서도 오빠로서도 너무 모르고 살아온 미안함의 눈물이었다.

“우명하 씨에게 가족이 당신밖에 없나요? 너무 쓸쓸합니다.”

선희가 마음껏 울고 울음을 그쳤을 때 마리가 조용히 물어왔다.

“있어도 없는 가족, 뭐 그런 거죠 이해하기 힘든 가족사가 있죠. 이해할 수 없는 가족사….”

마리가 고개를 끄덕였다 프랑스 여자 마리는 장지까지 동행했다. 전날 그녀는 선희가 묻지도 않았는데 이미 알고 있는 친구 부부의 참사 얘기를 했다. 그들의 장례식에 참석하고 오느라 늦었다고 했다. 선희는 그녀를 보며 많은 생각을 했다. 마리라는 여자도 어쩌면 오빠와 운명이 이어져 있다는 생각이 들었다.

선희는 오빠 우명하의 묘에 비석은 세웠지만 이름만 쓰

고 비문 공간을 남겨 놓았다. 언젠가는 그 빈 공간을 올바로 채워줄 날이 올 것 만 같았다. 장례식을 끝까지 같이 했던 마리는 삼우제까지 참석했다. 삼우제 날 오전 간단한 제사 음식을 장만하여 선산 아래 도착한 선희는 길옆에 주차된 외교관 번호가 부착된 승용차를 보았다. 음식 바구니를 들고 산에 오르며 설마 했는데 오빠의 묘에 마리가 와 있었다. 묘 앞에는 그녀가 바친 하얀 국화가 놓여 있었다.

"선희 씨."

"마리 어떻게….."

선희는 너무 뜻밖이라 말이 잘 안 나왔다. 제사를 지내고 두 여자가 묘 앞에 나란히 앉았다.

"이승과 저승 사이에 중천이 있고 우명하 씨가 그 중천에서 3일간 머물다가 오늘 저승으로 떠나는 의미 있는 날이라고 해서 왔어요."

"동양문화에 대해 해박하시군요. 이렇게 오실 줄 몰랐어요. 고맙습니다."

선희는 마리가 정말 고마웠다. 그녀 때문에 오빠가 죽었지만 그녀의 잘못은 아니다. 그녀 때문에 오빠가 여기로 와 자신과 재회한 것에 더 큰 의미를 두고 싶었다. 선희의 눈에는 모든 것이 운명의 수레바퀴처럼 느껴졌다. 거역할 수 없는….

"기일에 찾아와도 될까요?"

"마음 가는대로 하세요."

"왜 비문이 비어 있죠?"

"오빠는 세상에 할 말이 많이 남아 있는 사람이죠. 나중에, 아니면 영원히 비워둘지도 모르죠. 마리, 운명을 믿나요?"

"예, 믿어요. 저 중국문학을 공부했어요. 운명, 윤회, 이승, 저승 제가 믿는 종교에 조금은 어긋나지만 모든 것은 사람들의 시각 차이일 뿐, 그것이 제가 믿는 신에게 죄짓는 일은 아니라고 봅니다."

선희는 마리의 말에 웃었다. 모습은 서양이지만 친숙미가 느껴지는 재미있는 친구 같았다. 선희는 마리를 데리고 오빠가 이사했던 집을 찾아갔다. 집주인을 만나 사정 얘기를 하고 비상 열쇠를 찾아 문을 열고 집안으로 들어갔다. 오빠의 짐은 컨테이너 생활을 할 때 그대로였다.

"오빠 우명하 씨가 살았던 집입니다."

선희의 말에 마리가 고개를 끄덕이며 명하의 유품을 쓰다듬었다. 선희는 명하의 비망록과 소설집 노트를 모두 모았다. 마리가 소설 원고를 집어들었다.

"이거 명하 씨가 쓴 글인가요?"

마리가 물었다. 그녀의 얼굴이 흥분되어 붉게 물들어 있었다.

"예, 오빠가 쓴 소설들이죠. 우리 오빠 소설가인 거 몰랐어요?"

"소설가요? 어떻게…."

마리가 소설 노트를 읽다 침대에 힘없이 주저앉았다.

"보고서 올렸을 때 성범죄에만 초점을 두고 조사했군요."

"왜 제가 전혀 몰랐을까요?"

"출판금지 당했어요. 명하 오빠 책은 이제 이 땅에서 못 볼 겁니다."

선희는 마리와 얘기를 하면서 짐을 뒤지다 단단히 포장된 작은 상자 하나를 찾았다. 조심스럽게 개봉하자 책 다섯 권이 나왔다.

"그 책은?"

"이 땅에 남아 있는 오빠의 마지막 책입니다."

선희가 명하의 《하얀 무지개》한 권을 집어 마리에게 주며 말했다.

"선희 씨, 명하 씨가 남긴 이 책 저 주세요. 제가 프랑스에서 출간하여 전 세계에 알리겠습니다."

명하의 소설 《하얀 무지개》를 두 손으로 꼭 잡고 생각에 잠겨있던 선희가 갑자기 눈을 크게 뜨며 소리쳤다.

"마리, 우리 오빠는 그저 평범한 작가에 속합니다. 이 나라에서도 인정받지 못한 작가가 외국에서 출판한다고 별 수 있을까요?"

마리의 말에 선희는 가볍게 웃으며 말했다.

"지금부터 사는 생은 명하 씨가 준 보너스 생인데 한번 해 보겠습니다."

"가져가세요… 먼저 오빠 비망록부터 읽어 보세요. 우명하를 아는 데 많은 도움이 될 겁니다."

마리는 명하가 쓴 모든 글을 승용차에 싣고 서울로 떠나고 선희는 작은 용달 트럭을 불러 명하의 짐을 다시 '와신당' 컨테이너에 갖다 놓았다. 그녀가 집에 가져간 것은《하얀 무지개》책 한 권뿐이었다. 선희는 오랜 만에 밤을 새워 책 한 권을 읽어 내려갔다.

(44)

"선희 씨."

마리는 두 달 못 미처 다시 금동에 왔다. 그리고 선희와 포옹 인사를 했다.

"프랑스식 인사인가요?"

"예, 우리도 이제 이 정도 인사를 할 사이가 됐죠? 내일 프랑스로 돌아가요."

"결심했어요?"

"예, 파리 외곽에 작은 출판사를 인수했고 친구가 편집 장을 맡기로 했어요."

선희와 마리는 몇 시간에 걸쳐 출판과 그 후에 해야 할 일을 의논했다.

6월 마리가 출국하고 11월 초에 프랑스로부터 택배가 왔다. 마리가 출판한 명하의 첫 책 10부였다. 프랑스로 가기 전에 약속한대로 저자는 '줄리앙 로체'로 되어 있고 사진이나 약력, 경력은 빠져 있었다. 간단한 마리의 쪽지가 있었다. - 책명 《당신의 나라》, 10월 중순경 출간, 반응이 매우 좋음 - 선희는 길게 숨을 내쉬며 책장을 넘겼다. 한 글자도 알 수 없는 낯선 언어가 스쳐지나갔다.

이듬해 1월 초에 마리로부터 거액의 송금이 왔다. 유로화를 원화로 환전하고 수수료를 제하고 나니 8억원 정도가 남아 모두 5천만원권 수표로 바꿨다. 마리는 전화로 또 소식을 전해 왔다. 소설 《당신의 나라》가 40여 국에 8개국 언어로 출간을 앞두고 있지만 그 중에 대한민국은 빠져 있다고. 선희는 이루 말할 수 없는 통쾌함을 느꼈다. 8억을 들고 윤정미를 찾았다. 비망록에 나와 있던 빌딩 위치를 기억해 어렵지 않게 찾았다.

"윤정미 씨 좀 만나고 싶은데요. 아, 나는 우명하 씨 비서입니다."

선희의 말에 여직원이 어딘가로 전화를 했다.

"무슨 일인지 알 수 있을까요?"

직원이 수화기를 손으로 막으며 조용히 물었다.

"빚 갚으러 왔다고 전해요."

직원은 선희의 말을 그대로 전하고 통화를 끝냈다. 그리고 몇 분의 시간이 지나서 선희는 직원의 안내로 몇 개의 문을 통과했다. 마지막 문의 안과 밖에는 검은 정장을 입은 여자 경호원이 두 명씩 지키고 있었다. 곧 만나게 되겠지만 선희는 보지 않아도 윤정미에 대해 알 것 같았다. 이렇게 벽을 두고 사는 여자가 마음의 벽은 또 얼마나 쌓고 실까? 그 여자를 위해 희생한 오빠가 천치 같았다.

"대표님, 우명하 씨 비서 분 모시고 왔습니다."

선희가 몇 겹의 방어선을 통과하여 도착한 사무실은 사무실이라기보다 어린이 놀이방 같았다. 그곳에서 정미는 딸 하나와 놀고 있었다. 직원의 말에 정미는 딸과 즐기던 놀이를 멈추고 선희를 슬쩍 본 다음 물었다.

"우명하 씨 빚을 갚으러 오셨다구요?"

여직원이 나가는 것을 확인하고 정미가 선희에게 물었다.

"예, 5억 원금에 이자까지 모두 얼마나 됩니까?"

선희는 말을 하면서 속으로 이를 갈았다.

'어떻게 사랑했던 남자의 비서 신분을 가진 사람을 이렇게 세워놓고….'

정미는 선희의 얼굴을 한참 보더니 인터폰으로 누군가 불렀다. 선희는 숨을 크게 내쉬며 마음을 진정하려다 자신을 빤히 바라보고 있던 하나와 눈이 마주쳤다.

"네가 하나구나, 몇 살?"

선희가 웃으며 물었다.

"아줌마 저 아세요? 저 여섯 살요."

하나도 웃으며 대답했다. 피붙이가 뭐라구 정미에게 서운했던 감정이 하나의 웃음 한 번에 안개처럼 사라졌다. 웃는 모습에 반짝이는 눈까지 명하 오빠의 어린 시절을 보는 것 같았다. 그때 30대의 여자가 노크도 없이 들어왔다. 오빠 비망록에 묘사된 느낌으로 하주임 같은 여자와 정미가 얼굴을 맞대고 의논했다.

"원금에 이자 포함하여 6억이면 됩니다."

선희는 백을 열어 봉투를 정미의 책상에 놓았다. 정미가 봉투에 든 수표를 확인했다. 정미는 우명하가 자존심 때문에 이 돈을 보낸 거라고 생각했다.

"초과되는 돈은 아빠의 마음이라 생각하고 받아 주세요."

"누구 마음대로, 그럴 수는 없죠. 그 사람에게 전하세요. 돈을 갚았다고 아빠 주장할 생각은 꿈도 꾸지 말라고 전하세요."

정미가 의자에서 일어나 책상을 손바닥으로 치며 말했다. 이제 실장이 된 하주임이 수표 4장을 집어 선희의 백에 넣어 주었다.

"당신의 사랑은 비즈니스였는데 왜 우명하 씨가 그토록 사랑했는지…."

정미를 향해 언성을 높였던 선희가 하나를 보고 웃으며

사무실을 나갔다. 선희가 사무실을 나가자 정미는 온몸이 녹아내리는 느낌을 받았다. 딸 하나를 바라보던 그 여자의 얼굴이 잔상이 되어 딸의 곁에 머물고 있지 않은가. 이 느낌의 의미는 뭘까…? 정미는 자신의 몸이 약해진 것 같아 예약 날짜보다 일찍 병원을 찾았다. 그녀가 찾은 병원은 원산부인과였다.

"윤정미 씨 무슨 일이죠? 정기검진이 두 달 남은 것 같은데."

원무영 원장이 정미를 보자 정색을 하며 물었다.

"몸이 가라앉는 것 같아요."

몇 가지 검사를 하였고 결과가 나왔다.

"이상 없어요. 다 정상입니다."

"그래요?"

"아, 오신 김에 정미 씨에게 드릴 것이 있어요."

원장은 자리에서 일어나 캐비닛에서 작은 가방을 하나 꺼내 정미 앞에 놓았다.

"이게 뭐죠?"

"중희가 정미 씨에게 남긴 거죠. 때가 되면 전해 주라고 했는데 지금이 그때인 것 같습니다. 요즘 그 후배가 자주 꿈에 보였거든요."

"전 이거 받기 싫습니다."

정미가 중희의 가방을 손으로 툭 치며 말했다.

"중희에게 작은 오해가 있었다는 거 저도 알고 있어요.

하지만 그 친구 죽은 지 2년이 다 되었잖아요.”

“중희가 죽었다구요?”

“아직 모르고 있었나요? 세상에나….”

두 여자가 서로 얼굴을 보며 허탈에 빠졌다.

(45)

“엄마 이게 뭐야?”

정미가 소파에 앉아 응접 테이블에 놓인 중희의 가방을 뚫어져라 응시하자 딸 하나가 물었다.

“엄마 친구가 준 가방이야. 그만 네 방에 가 자야지.”

정미의 말에 하나가 고개를 끄덕이며 엄마 볼에 입을 맞추고 자기 방으로 들어갔다.

‘중희가 죽었다구? 췌장암으로… 도대체 내게 뭘 남긴 거야?’

정미는 앞에 놓인 가방이 판도라 상자를 넘어 복마전으로 보였다. 가방을 열면 무슨 일이 일어날 것만 같았다. 오랜 시간 복수를 기다린 악마들이 봉인이 터질 때를 기다리고 있는 것 같았다. 그렇다고 이대로 이 가방을 버리면 더 큰일이 날 것만 같았다. 몇 시간을 바라보았지만 정미는 끝내 가방을 열지 못하고 소파에서 잠이 들었다. 그녀가 눈을 떴을 때는 아침이었다. 딸 하나가 잠옷 차림으로 방을 나와 이쪽으로 오고 있었다. 정미는 실눈을 감았다. 하나가 가까이 와 가방과 엄마를 보더니 엄마가 미동이 없자 가방을 자기 앞으로 가까이 당겼다.

'그래 열어 봐라. 무엇이 들었는지….'

정미의 생각대로 하나가 가방을 열었고 안에 있는 내용물을 꺼냈다. 정미는 눈을 조금 크게 떴다. 하나의 손에 있는 것은 낯익은 지퍼백이었다. 아버지의 장례식장에서 잃어버린 속옷이 거기 있었다. 하나는 지퍼백을 바라보다 실망한 얼굴로 다시 가방에 넣었다. 그리고 조용조용 주방으로 갔다. 우유에 시리얼을 타 먹으러 간 것이리라. 정미는 용수철처럼 일어나 가방을 들고 자신의 방으로 들어갔다. 심호흡을 한번 하고 가방을 열었다. 지퍼백을 꺼내 살펴보았다. 틀림없이 그때 잃어버린 자신의 햄팬티와 우명하의 팬티였다. 지퍼를 열어 속옷 두 개를 한꺼번에 꺼냈다. 편지 몇 장이 같이 나오다 바닥으로 떨어졌다. 속옷을 놓고 편지를 먼저 집어 들었다. 여섯 장의 편지를 읽는 동안 6년의 세월이 주마등처럼 스치고 6천 길 절벽으로 떨어지는 느낌을 받았다. 끝없는 바닥으로 추락하면서도 정신을 잃지 않고 또렷하다. 앞으로 닥쳐올 아픔을 온몸 구석구석 느껴 보라고…. 정미는 잘 안다. 이 순간부터 자신이 어떻게 변할지…. 지금까지 우명하는 나쁜 놈이라고 밀어내고만 살았다. 하지만 지금 그 사람의 진심을 안 순간부터 증오는 항복점을 찍고 사랑으로 돌아서리라. 거세게 밀려오는 그리움을 정미는 막아낼 자신이 없었다. 그 사람을 닮은 딸과 함께 살면서….

"하나야."

정미는 방을 나와 주방에서 나오는 딸 하나를 꼭 안으며 울음을 터뜨렸다.

"엄마 왜 그래? 어디 아퍼?"

놀란 하나가 정미의 이마를 손바닥으로 짚으며 물었다.

"하나야, 엄마 어떡하니, 어떡해…?"

"왜 그 러 냐 구?"

하나가 답답한지 한 자 한 자 또박또박 물었다.

"엄마가, 엄마가 가장 소중한 사람에게 큰 잘못을 했다. 어떡하니?"

"미안하다 그래."

"미안합니다, 그러면 용서해 줄까?"

"이쁜 엄마가 사과하면 용서해 줄 거야."

정미가 하나 말에 울음을 그치고 웃었다. 하나가 작은 손등으로 정미의 볼에 흐른 눈물을 닦아 주었다.

'윤정미, 너 비겁한 거 아니? 이제는 딸 뒤에서 뭘 하려구?'

자신을 조롱하는 중희의 목소리가 들리는 거 같아 정미가 흠칫 놀랐다. 친구로, 연적으로 한번 찾아 봐야 할 것 같았다. 산부인과 닥터 원에게 물어 중희가 잠들어 있는 추모

공원을 찾았다.

"중희야, 잘 지내니… 사랑에 초보였던 내 잘못 인정한다. 미안해. 네가 한 잘못도 다 용서 할게."

사무실로 돌아온 정미는 은퇴한 마실장을 불렀다.

"이모, 군자이모."

마실장이 오자 제일 먼저 하나가 반겼다.

"하나 많이 컸네. 더 이뻐졌구."

마실장이 두 손으로 하나의 양 볼을 만지며 말했다.

"고맙습니다. 왜 애기 같이 안 왔어요?"

"집에서 코자… 할머니하구."

마실장은 소파에 앉으며 긴장했다. 정미의 표정에서 냉기를 느꼈기 때문이다

"돌에 못 가봐 미안하다."

"아, 아닙니다. 큰 돈 보내신 것 잘 받았습니다."

침묵이 흐르고 또 흘렀다. 혼자 놀고 있는 하나의 콧노래 소리가 더 긴장감을 주었다.

"내 계약서 내용을 중희에게 알려 줬니?"

침묵을 깨고 정미가 무겁게 입을 열었다.

"아, 아닙니다."

"그래 좋다. 얼마 전에 명하 씨가 이자까지 합쳐 돈을 갚았다. 수표 발행인이 우선희였어. 네가 그 사람 좀 찾아 봐라."

"단서가 달랑 이름 뿐입니까?"

"나이는 중년에 표준말을 쓰는데 약간 충청도 억양이 있는 것 같았다. 하실장은 얼굴이 알려졌고. 그 일 때문에 널 불렀다."

"알겠습니다."

소파에서 일어나는 마실장의 얼굴은 그제야 조금 밝아졌다.

마리로부터 선희에게 전화가 온 것은 이틀 전이었다. 미루고 미루던 파리주재 한국방송국 특파원과 인터뷰를 한다고 했다. 그 방송이 지금 9시 텔레비전 뉴스에 나오고 있었다.

"현재까지 1억2천만 부가 팔린 세계적 베스트셀러 《당신의 나라》는 세계 최단기간 최고 판매기록을 세웠습니다. 가부장을 넘어 권력자가 되어버린 대한민국의 아버지 얘기지만 정작 우리는 직접 읽지 못했던 그 이유를 오늘 알려 드리겠습니다. 저는 지금 《당신의 나라》를 출간한 출판사 발행인 마리 보느 씨를 만나고 있습니다. '마리 보느 씨, 왜 한국인의 얘기인 《당신의 나라》를 한국의 출판사들이 출판계약을 그렇게 요구했는데 하지 않은 이유를 말씀해 주시겠습니까?'"

"한마디만 하죠. '결자해지'."

마리는 불어 대신 한국어로 답했다.

"오, 한국어를 잘 하십니다. '결자해지' 란 사자성어를 아십니까?"

"매듭은 묶은 자가 풀어야 한다."

"예, 맞습니다. 그러면 한국의 독자가 《당신의 나라》를 읽지 못하는 이유가 한국에 있다는 말입니까?"

"예, 맞습니다. 한국에 있습니다. 오늘 인터뷰는 여기까지입니다."

다음날 신문과 방송은 몹시 시끄러웠지만 《당신의 나라》 저자가 한국인이며 우명하라는 것은 꿈에도 알지 못하고 발행인 마리 보느를 비난하는 글과 말만 토해냈다. 그녀가 오랜 한국생활 중에 쌓인 불만을 계약 차별에 접목 시켰다고 했다. 선희는 뉴스를 보고 조금 서운했다. 오빠 우명하의 이름이 나오길 원했지만 모든 것을 마리에게 맡기고 믿기로 했다.

마실장은 열흘 만에 쪽지 하나를 정미 앞에 놓았다.

"찾았구나."

정미가 정색하며 쪽지를 집어 들었다. 하지만 이내 얼굴 표정이 변했다.

"그 주소는 우선희 씨의 식당입니다. 우선희 씨는 우명하 씨의 여동생입니다. 자세한 것은 대표님이 찾아가 알아보세요. 그럼⋯."

마실장은 그 말을 끝으로 바로 일어났다. 차마 우명하의 죽음을 알려 줄 수 없었고 더 있다가는 눈물이 날 것만 같았다.

'그 여자가 명하 씨의 동생이라구? 그럼 하나의 고모가 되나… 고아처럼 가족 얘기는 전혀 없었는데. 그리고 보니 그 여자가 하나를 보는 눈이… 하나에게 얘기해 줄까. 아빠를 만나러 간다구. 혹시 결혼… 교도소를 나와 몇 년 사이에 그렇게 큰돈을….'

정미는 그날 밤 딸 하나를 안고 극과 극을 오가는 상상을 하며 잠들지 못했다.

(46)

하나 아빠 우명하의 거처를 알면 당장이라도 달려 갈 것 같았다. 하지만 그것은 생각뿐, 정미는 한 달 넘게 고민하고 있었다. 미치도록 보고 싶었지만 까닭 모를 불안감이 떠나지 않았다.

"대표님, 금동에 안 가세요?"

출근해 하나에게 동화책을 읽어주는 정미 앞에 하실장이 커피 잔을 놓으며 물었다.

"마실장이 얘기했니?"

정미가 피식 웃었다.

"오늘 일정 없으니까 말 나온 김에 가 보세요."

"오늘!"

"딱 이맘때였죠. 사람을 잘못 알아보고 우명하 씨를 대표님 앞에 끌고 온 것이…."

정미가 그때를 회상하며 미소를 지었다.

"엄마 기분 짱이야?"

하나가 웃는 정미를 쳐다보며 물었다.

"그래 하나야. 우리 여행 갈까?"

정미가 결심한 듯 핸드백을 집어 들며 말했다.

"대표님, 제가 운전하겠습니다."

하실장이 따라나섰다.

"그래 줄래?"

일단 가기로 마음먹자 가슴이 마구 뛰었다. 자신을 잘 아는 하실장이 그것을 알고 운전을 자처했다. 금동까지 가는 시간은 정미에게 황홀한 시간이었다. 오목골 작은 연립에서 명하가 오기만을 기다리던 그때 그 감성의 시간이 다시 이어져 강물처럼 흐르고 있었다. 하나에게 아빠 얘기를 해주고 싶었지만 행여나 하는 마음에 참고 또 참았다.

"아직 영업 안 해요. 11시에 오세요."

문을 열고 식당 홀로 들어서는 정미와 하나를 보고 홀 청소를 하던 여종업원이 말했다.

"우선희 씨를 만나 뵙고 싶어…."

정미는 말끝을 흐렸다. 자신의 목소리에 주방에서 선희가 나왔기 때문이다.

"다시는 안 볼 사람처럼 하더니 여긴 무슨 일이죠?"

선희가 가볍게 목례를 하고 쏘아붙였다. 고개를 못 드는 정미 앞으로 하나가 웃으며 한 발 앞서 나갔다.

"아줌마 안녕하세요. 저 윤하나입니다."

"하나야… 난 아줌마가 아냐. 하나의 고모야, 고모."

선희가 몸을 낮추어 하나를 안고 말했다. 선희가 이내 눈물을 보였다.

"고모가 뭐예요?"

"고모는 하나 아빠의 누나나 여동생을 말하는 거야. 이 고모는 아빠의 동생이야."

"아빠… 아빠의 동생?"

하나가 선희의 품에서 고개를 돌려 엄마 정미를 보았다.

"그래 하나야. 고모야. 아빠의 여동생."

"아빠다, 아빠. 고모 우리 아빠 어디 있어요?"

"그래 하나가 아빠 많이 보고 싶었구나… 그래 가야지 같이 아빠 만나러 가자."

선희가 하나를 놓고 일어나자 하나가 좋아서 팔짝팔짝 뛰었다.

"하나에게 아빠 얘기 한 번도 하지 않았죠?"

"죄송해요, 고모. 명하 씨에게 오해가 있었어요."

"오해가 있었다구요? 오해…."

"명하 씨 만나 용서를 구하고 싶어 이렇게 왔어요."

"그럼 가야죠. 오빠에게….”

정미는 오빠를 보러 가는 선희의 어두운 표정이 마음에 걸렸다. 정미와 하나는 선희가 운전하는 승합차에 올랐다.

"엄마, 아빠 어떻게 생겼어?”

"아주 미남이셔. 텔레비전에 나오는 탈렌트처럼….”

하나의 물음에 정미가 웃으며 자랑스럽게 말해 주었다. 선희는 가는 길에 차를 세우고 간단한 제수용품과 하얀 국화 일곱 송이를 샀다. 차에서 기다리다 선희가 산 흰 국화를 본 정미는 가슴이 쿵 소리를 내며 내려앉는 것을 느꼈다.

'설마… 설마… 아닐 거야.'

선산 밑에까지 가는 동안 정미는 가슴을 송곳으로 누군가 찌르는 것 같았다.

"이거 들으세요. 하나는 제가 업을게요.”

산 밑에 승합차를 세우고 내린 선희가 흰 국화와 제수봉지 그리고 책이 든 봉투를 정미에게 주며 말했다.

"고… 고모, 명… 명하 씨?”

선희가 내민 짐을 받은 정미의 목소리가 떨리고 있었다.

"일 년만 빨리 찾아오지 그랬어요?”

선희가 하나를 업고 산길로 들어서며 말했다. 뒤따라오며 숨죽여 우는 정미의 울음소리가 3월의 봄내음 사이로 간간이 들렸다. 상석에 과일 몇 개와 북어포 과자가 놓여지고 흰 국화와 책 《당신의 나라》가 놓여졌다. 선희가 차림을 한번 쭉 살펴보고 마른 풀 더미 속에 감추어 두었던 돗자리를 꺼내와 상석 앞에 깔았다.

"인사드리죠."

선희와 정미가 절을 했다. 하나가 어설프게 절을 따라 했다.

"미안해요, 미안해요. 명하 씨."

정미가 서럽게 흐느꼈다.

"하나야, 아빠는… 아빠는 말이다."

"고모 저도 알아요. 우리 아빠 천사가 되었죠?"

"그래, 천사가 되어 하늘에서 하나를 지켜 줄 거야, 그럼…."

선희가 하나를 안아주며 눈물을 보였다.

"고모 어떻게 된 거죠? 도대체 일 년 전에 무슨 일이 있었나요?"

정미의 물음에 선희가 상석에 놓았던 책을 집어 정미에게 주며 말했다.

"이 책 나오고는 오빠 처음 찾았어요. 받아요, 오빠 책이니까."

"이건?"

선희는 정미와 하나를 아버지께도 인사를 드리게 하고 산을 내려왔다.

"명하 씨가 가족 얘기를 안 해서 혼자인 줄 알았어요."

차가 출발하여 큰길로 들어서자 정미가 입을 열었다.

"혼자였죠. 예, 늘 오빠는 외로웠죠."

선희는 식당으로 돌아와 정미와 하나에게 명하의 어린 시절과 재회 그리고 영원한 이별이 왜 일어났는지 모두 말해 주었다.

"모든 여자들에게 관대한 것 때문에…."

"학교 다닐 때도 그랬죠. 타고 난 것 같아요."

"고모, 명하 씨 사진이나 유품 없어요?"

선희가 카운터 책상 서랍에서 여러 장의 명하 사진을 가져왔다. 조금 떨어진 곳에 앉아있던 하실장이 가까이 와 사진 구경을 했다.

"하나야, 아빠 사진이다."

"야아 ,우리 아빠 이쁘다."

선희가 준 명하 사진을 보고 하나가 좋아했다. 정미는 사진을 보고 또 눈시울을 적셨다.

"명하 씨 유품은 없어요?"

"오빠 유품은 제가 잘 보관할게요. 오빠는 이제 누구의 아빠 오빠를 떠나서 세계인의 사랑과 존경을 받는 분이 되었죠. 나중에 기념관 생기면 거기에…."

"알겠어요. 고모 뜻에 따르죠. 그렇지만 일부라도…."

정미의 애원에 선희가 망설이다 일어났다. '와선당' 컨테이너 하우스에 여자 넷이 들어서니 가득 찼다. 정미는 명하가 쓰던 펜이랑 손톱깎이 등 작은 소품들을 비닐봉지에 담아 핸드백에 넣었다. 그리고 와이셔츠 하나와 양복 한 벌을 집어 들었다.

"그 양복 중희라는 여자가 사 준 건데 괜찮겠어요?"

선희가 시선을 피하며 물었다.

"고모가 중희를 어떻게 알아요?"

"오빠의 비망록을 몰래 다 봤어요."

"그거 어디 있어요? 비망록…."

정미가 선희에게 한발 다가가며 물었다.

"모든 메모나 기록물은 프랑스에 가 있어요."

"아, 예…. 참 야속한 친구였죠. 저도 그 친구에게 잘못한 것도 있고 우리 서로 용서 받고 용서하기로 했어요."

정미는 중희가 사고 명하가 입었던 양복 한 벌을 더 챙겼다.

"엄마, 이거 봐."

하나가 엄마를 불렀다. 모두의 시선이 하나를 향했다. 어디서 찾았는지 손에 고무로 된 나비인형이 들려 있었다.

"하나야, 그거 기억나니?"

"오빠를 마지막으로 볼 때 하나가 가지고 있던 인형 아닌가요?"

"예. 제가 명하 씨 손 탔다고 버린 것을 주워 가지고 있었네요."

나비인형을 들고 날아가는 흉내를 내며 좋아하는 하나에게는 그저 그 인형은 장난감에 지나지 않았다.

"기억이 안 나겠죠. 네 살 때 일이니까. 그때 그 아저씨가 아빠인 줄 어떻게 알겠어요."

정미가 쓴웃음을 지으며 말했다.

(47)

냉하의 기일을 일주일 앞두고 마리가 프랑스에서 왔다. 선희는 정미, 하나와 함께 마중을 나갔다.

"오, 베이비!"

마리가 하나를 보자 키스를 하며 귀여워했다. 선희와 정미하고는 포옹 인사를 했다.

"선희 씨, 정미 씨 여권 있죠?"

정미가 운전하는 승용차 뒷좌석에 앉은 마리가 물었다.

"없어요. 외국에 갈 일이 있어야죠."

선희가 먼저 대답했다.

"전 하나와 같이 전에 만들었어요."

"그럼 제가 미국 비자 받게 도와줄게요. 선희 씨는 빨리 여권 신청하세요."

"미국은 왜요?"

마리의 말에 정미가 물었다.

"명하 씨의 큰딸 연주양이 하버드 로스쿨에 재학중인데 가서 저작권 관계를 정리해야죠."

"두 곳으로 분산된 권리를 한 곳으로 모으자는 얘기군요."

선희가 고개를 끄덕이며 말했다.

마리는 한국에 머무는 동안 정미집에 있기로 했다. 그것은 정미의 간청이었다. 마리는 명하의 비망록에 있는 정미라는 여자가 이기적이라고 생각했었다. 하지만 같이 생활하고 대화를 해보니 그녀는 착한 여자였고, 다만 사랑에 서툴고 용기 없는 여자였다.

"결혼하셨어요? 마리 아줌마."

명하의 기일을 이틀 앞두고 금동으로 가는 차 안에서 옆에 앉은 하나가 마리에게 물었다.

"아니…, 하나가 무척 감성적인 것 같아요."

"하나부터 열까지 모두 아빠를 닮았어요."

"지금은 위안이 되겠지만 많이 힘들었겠어요?"

"꼭 그렇지는 않았어요. 애증은 같은 공간에서 공존한다고 명하 씨가 말했어요. 그 증거가 제가 지금껏 하나를 사랑하는 것이겠죠."

"명하 씨도 비망록에서 말했어요. 정미 씨와 하나는 늘 자기와 함께 였다고…."

"비망록도 책으로 내실 건가요?"

"생각하고 있어요."

"빨리 보고 싶네요. 그것을 보면 명하 씨와 단절된 세월이 조금은 메워질 것 같아요."

"하나가 지금껏 이어주고 있었잖아요."

"예, 어쩌면⋯."

"고모, 하나 왔어요."

선희는 가게 문을 열고 들어오는 하나를 보고 놀랐다. 선희의 생각은 오빠 기일에 내려오리라 예상했었다.

"우리 한 방에서 같이 자요."

일을 끝내고 선희의 집에 갔을 때 먼저 정미가 의견을 말했다. 침대생활을 하는 네 여자가 한 방에 누웠다. 등이 받치는 방바닥이었지만 같이 누워 도란도란 애기를 하니 서로 간에 많이 가까워진 것 같았다. 마리는 편안한 이 분위기가 처음에는 이해가 잘 되지 않았지만 점차 시간이 지나면서 이것이 한국의 가족문화라는 것을 느꼈다.

"마리 불편하지 않아요?"

"괜찮아요. 편해요."

선희의 물음에 마리가 서슴없이 대답했다.

"성공한 친구들 얘기 들어보면 어렵게 살 때 좁은 방에서 등을 맞대고 잠들 때가 가장 행복했다고 말하더군요. 돈을 벌어 각자 방이 생기고 침대에서 자면서 대화가 없어지고 멀어지게 되는 것 같아요."

"아마 아가씨 말이 맞을 거예요."

정미가 졸린 목소리로 말했다.

"엄마, 하나 졸려 잘 거야."

선희는 이번에 정미를 다시 보게 되었다. 그녀의 옷차림이나 딸 하나의 옷이 명품 하나 없는 평범한 옷이었다. 오빠의 비망록에 기록된 것처럼 그녀는 타고난 현모양처 같았다. 부자의 상징인 외제 승용차를 보고 마음이 찝찝했지만 탑승할 때 하나에게 일일이 안전벨트를 매어주며 점검하는 것을 보고 마음을 풀었다. 그녀도 딸의 안전을 위해서는 무엇이든 사는 엄마라는 걸 느끼며…. 고모인 자신에게 기대 잠든 하나를 보며 선희는 알았다. 명하오빠는 저 세상 사람이 아니고 딸을 통해 이 세상에 남아 있는 존재라는 것을. 그것이 모든 인간이 자식을 낳는 가장 기본적인 이유라는 것을 새삼 느끼면서…. 명하의 기제를 끝내고 그가 마지막으로 올랐던 산 입구에 갔다. 그것은 마리의 의견이었고 그녀가 꽃다발 세 개를 준비했다. 난을 좋아했던 친구 부부를 위해, 명하를 위해 산 입구에 꽃다발 세 개를 나란히 놓았다.

선희의 여권도 나왔다. 선희는 미국에 가고 싶은 생각이 없었지만 이번에 하나와 며칠 함께 지내고 나서 마음이 변했다. 미국에서 법학을 공부한다는 연주도 오빠의 핏줄이라 한번은 보고 싶었다. 미국 비자는 빠르게 나왔다.

"마리 이모 너무 좋아요."

1등석에 탑승한 하나가 누구보다 좋아했다. 마리를 제외한 세 여자는 시차 때문에 기내에서 거의 자다시피 했다.

호화 리무진을 타고 거리를 달리자 미국에 온 것이 실감났다. 리무진을 타고 30여 분을 가자 호텔이 눈앞에 나타났다. 연주는 로비에서 기다리고 있었다.

"오 마이 갓!"

연주는 자기도 모르게 소리치며 자리에서 일어나 자신에게 오고 있는 하나를 향했다. 눈앞에 믿지 못할 일이 일어나고 있었다. 웃는 모습까지 아빠를 닮은 작은 천사가 눈앞에 있었다. 연주는 하나를 꼭 안아 주었다. 마리는 연주와 악수를 하고 선희와 정미는 가볍게 목례를 했다. 연주는 하나를 자신 옆에 앉게 했다.

연주가 하나에게 사랑스런 눈길을 보내며 말했다.

"아빠의 여동생이 있었다는 건 실감이 나지 않지만 이 세상에 내 동생이 있다는 것은 나를 닮은 이 꼬마 숙녀를 보니 실감이 나요. 아빠가 글 쓰는 것을 엄마는 정말 싫어했죠. 돈도 안 되는 글에 매달리지 말고 그 시간에 우유배달이라도 하여 돈을 더 벌라고. 저도 아빠에게 그런 딸이었던 것 같아요. 그런데 아빠가 돌아가시고 세계적인 베스트셀러 작가 줄리앙 로체가 아빠라니…. 전 아빠의 유산인 인세 지분을 모두 이 동생에게 양도하겠습니다."

"연주 씨 그건…."

마리가 놀라고 정미와 선희도 놀랐다. 의외라고 순간 느꼈지만 우명하의 딸다운 대답이라는 생각이 들었다.

"생각해 보니 전 아빠로부터 이미 많은 것을 받았어요. 먼 훗날 제가 미국이나 호주 생활이 싫어져 고국에 돌아가게 된다면 로펌으로 쓸 사무실이나 마련해 주세요."

"기다리고 있겠어요."

정미가 미소 지으며 말했다. 연주도 미소로 답했다.

"이름이 뭐야?"

"윤하나."

연주의 물음에 하나가 답했다. 연주의 표정이 조금 어두워졌다.

"윤하나…? 우하나가 아니고?"

"귀국하면 아빠 성으로 바꿔 줄 거예요."

정미의 말에 다시 연주의 표정이 밝아졌다.

"하나야, 난 우 연 주 라고 해. 하나의 언니야. '언니'하고 불러봐."

"언니."

웃으며 언니라고 부르는 하나를 연주가 꼭 안아 주었다. 두 자매는 같이 여러 컷의 사진을 찍었다. 그리고 연주는 영문과 한글로 상속포기 각서를 써 마리에게 주었다.

"하나야, 이 언니가 시험 때문에 좀 바쁘거든. 내년 여름 방학 때 꼭 놀러 와야 해."

"알았어, 언니."

"약속!"

18년의 나이 차이가 있는 자매가 손가락을 걸고 약속했다.

마리는 마찰 없이 미국 방문 목적을 끝낸 것이 기뻤다. 은인이자 이제는 친구가 된 사람들과 미국여행을 하고 싶었다.

"선희 씨, 미국 어디 가고 싶은 곳 있어요?"

"전 특별히 가고 싶은 곳은 없고 여기 바다가재나 실컷 먹어보고 싶네요."

"여기도 각종 해물이 풍부해요. 정미 씨는 어디 가고 싶으세요?"

"전 하나가 좋아할 디즈니랜드요."

"하나는 어때, 디즈니랜드 보고 싶어?"

마리가 혹시나 하는 마음에 하나에게 물었다.

"좋아요, 마리 이모."

하나가 좋아하며 깡충깡충 뛰었다.

마리는 자신의 은인 가족을 데리고 보스턴 파크 플라자에 묵으며 유니언 오이스터 하우스라고 불리는 보스턴에서 가장 오랜 된 해물 전문 레스토랑에서 식사를 했다. 마리와 정미는 새우요리를 먹었고 하나와 선희는 바다가재 요리를 마음껏 먹었다. 보스턴에서 2박을 하고 뉴욕으로 이동하여 쇼핑과 자연사 박물관을 관람했다.

디즈니랜드를 구경하려면 3일 정도면 되지만 마리는 하나 때문에 4일 일정을 잡았다. 하지만 4일 동안 신난 사람은 하나가 아닌 정미와 선희였다. 2년마다 변신하는 이 파크에 마리는 3년 전 휴가 때 방문했었기 때문에 그리 설레지 않았다.

"하나야, 디즈니랜드 재미없었니?"

애너하임에서 마지막 날 저녁 시무룩해 있는 하나에게 마리가 물었다. 하나가 대답 대신 무표정으로 고개를 끄덕였다.

"그럼 넌 어디를 보고 싶은데?"

엄마 정미가 조금 신경질적으로 물었다. 엄마의 음성에 하나가 선희의 품으로 파고들었다.

"집에 가고 싶어."

하나가 기어들어가는 목소리로 말했다.

"집… 하나가 여행이 힘든가 보구나."

선희가 하나를 꼭 안으며 말했다. 마리는 아차 했다. 은인들을 즐겁게 해주는 것에 생각이 앞서 어린 하나가 장거리 여행에 따른 시차, 음식 등 여러 가지 힘들어 할 것을 미처 생각 못했다.

"하나야, 서울 집에 가자."

"정말요? 마리 이모."

집에 간다는 마리의 말에 하나가 활짝 웃었다.

서울에 도착하니 늦은 아침이었다.

"고모, 하나와 같이 집에 가 계세요. 전 마리와 사무실에서 계약서 쓰고 가겠어요."

두 사람을 택시에 태워 보내고 정미와 마리는 함께 사무실로 갔다. 불어와 한국어로 된 계약서가 작성되었고 두 여자가 사인을 했고 국제변호사가 공증을 섰다. 마리와 정미가 계약서를 한 부씩 나누어 갖고 마지막으로 악수와 포옹을 하고 헤어졌다. 마리는 저녁노을이 지는 하늘을 날아 유럽으로 향했다.

선희는 하나와 하룻밤을 더 보내기 위해 정미 집에 머물렀다.

"언니, 제게 남은 오빠 돈 2억 어떻게 할까요?"

"그걸 왜 제게 물어요? 오빠 돈이잖아요. 그냥 편하게 아가씨 필요한 곳에 쓰세요. 오빠도 같은 맘이겠죠."

선희는 다음날 금동으로 떠났다. 정미는 연주와 약속한 대로 딸 하나의 성을 윤 씨에서 우 씨로 정정해 주었다.

"하나야, 오늘부터 넌 윤하나가 아니고 우하나야, 알았지?"

"왜 엄마?"

정미의 말에 하나가 반문했다.

"아빠가 우 씨니까 딸인 하나도 우 씨가 되는 거야. 하나가 크면 다 말해 줄게. 엄마 아빠의 사랑과 이 엄마의 잘못을…."

"알았어. 그럼 나 이제 고모랑 같은 성인 거야?"

"그럼."

정미의 말에 하나가 정말 좋아했다.

3개월 후 금동에 가서 하나는 선희를 보자마자 자랑했다.

"고모, 고모, 나두 이제 고모랑 같은 우 씨야 우하나."

선희가 하나를 꼭 안아 주었다.

"미국에 있는 언니에게도 전화로 자랑하고 좋은가 봐요."

정미가 웃으며 말했다. 정미도 금동에 가면 마음이 편하다. 하나 아빠 명하가 마지막으로 머물렀던 곳이라 그런지, 아니면 아가씨가 아닌 손위 언니 같은 편안한 선희 때문인지 그냥 고향에 온 것 같았다. 한 달에 한 번 정도 하나를 데리고 금동에 가지만 명하의 묘는 기일 이후로 한 번도 찾아가지 않았다. 마음이 없는 게 아니고 하나에게 눈물을 보이면 안 될 것 같기에…. 딸에게는 그 길을 열어주고 싶지 않았다. 자신의 어린 시절 눈앞에 보이던 안개 길을…. 다행히 딸은 긍정적인 성격에 사랑하는 가족이 있다. 할머니, 엄마, 고모, 언니가 있어 앞길에 등대가 되어 주리라.

마리는 한국을 떠나기 전 정미와 의논한 대로 우명하와 관련된 사실과 진실을 하나씩 토해냈다.

한경문인협회와 법의 집행기관이 매듭을 풀어야 할 사람들이고, 줄리앙 로체의 한국인 본명이 우명하라는 사실. 한 여자를 사랑했고 한 여자에게 상처를 주지 않기 위해 사랑을 포기했던 남자가 우명하라는 사실. 마리 보느에게 두 번째 생을 준 남자가 우명하라는 사실.

특히 그가 두 여자를 위해 선택한 길과 산에서 조난당한 여자를 위한 희생은 세인들에게 깊은 감명을 주었다. 그리고 그것을 덮으려 한 법은 전 세계 언론의 집중 포화를 받았다.

300만 달러가 유니세프에 기부되고, 20억원을 어린이를 위한 심장재단에 내놓았다. 그래도 남은 돈이 정미가 지금까지 벌어온 것보다 많았다. 자신이 돈으로 사랑을 구걸했다고 돈으로 복수하는 것 같아 그 사람이 미웠다. 딸 하나만 남겨 놓고 가 버린 그 사람이 야속했다. 정미는 그 사람이 미치도록 너무 보고 싶다.

'하나 아빠 명하 씨, 이제야 알 것 같아요. 내가 당신에게 물었던 사랑의 정의… 당신은 인어공주의 발이라고 미리 답을 주셨죠. 저 이제야 그 해답을 찾았어요. 사랑을 위하여 꼬리 대신 발을 선택하고 아픔을 감수하는 인어공주처럼 저도 많은 아픔을 겪으며 살아가야 하겠지만 당신은 내게 너무 많은 것을 남겨 주었어요. 고마워요. 사랑해요.'